O JOVEM ARSÈNE LUPIN
E A DANÇA MACABRA

SIMONE SAUERESSIG

O JOVEM ARSÈNE LUPIN E A DANÇA MACABRA

Copyright ©2021 Simone Saueressig
Todos os direitos dessa edição reservados à AVEC Editora.

*Nenhuma parte desta publicação poderá ser reproduzida,
seja por meios mecânicos, eletrônicos ou em cópia reprográfica,
sem a autorização prévia da editora.*

Editor: *Artur Vecchi*
Capa e projeto gráfico: *Bruno Romão*
Revisão: *Kátia Regina Souza*
Impressão: *Gráfica Odisséia*

Dados Internacionais de catalogação na Publicação (CIP)
(Câmara Brasileira do Livro, SP, Brasil)

Saueressig, Simone
O jovem Arsène Lupin e a dança macabra / Simone
Saueressig. – Porto Alegre : Avec, 2021. (O jovem Arsène
Lupin; 1)
120 p.

ISBN 978-65-86099-80-5
1. Ficção brasileira I. Título

S 255   CDD 028.5

Índice para catálogo sistemático:
1. Literatura infantojuvenil   028.5

Ficha catalográfica elaborada por Ana Lucia Merege – 4667/CRB7

1ª edição, 2021
Impresso no Brasil/ Printed in Brazil

AVEC Editora
Caixa Postal 7501
CEP 90430-970 – Porto Alegre – RS
contato@aveceditora.com.br
www.aveceditora.com.br
Twitter: @avec_editora

SUMÁRIO

Prólogo – 1886.. 7

1 - Os atores.. 13

2 - Seis horas 24

3 - Quasímodo.. 35

4 - Bem à vista 44

5 - A pista interrompida.. 54

6 - O mapa da intendência..61

7 - O espião 71

8 - A última peça do quebra-cabeças 77

9 - *Cataphiles*...85

10 - O lamento das trevas.. 92

11 - A dança macabra... 97

12 - *Zig et zig et zag* 106

Salut mes amis ! (Oi, meus amigos!)...............................117

PRÓLOGO – 1886

Era um começo de tarde cinzento.

O inverno estendia seu manto gelado sobre as árvores ao redor e não havia beleza, naquele momento. Toda cor parecia ter sido roubada do mundo. A chuva miúda que caíra a manhã inteira tinha cessado. A umidade emergia do solo do cemitério de Louveciennes, à sombra do aqueduto, molhando as saias da mulher, os sapatos simples do menino e os do sacerdote que ministrava a última benção sobre o caixão recém-baixado. Era um enterro digno, mas humilde, e as palavras santas se perdiam sem eco. A mulher, uma matrona que já deixara a juventude para trás, vestida com o negro da viuvez que a golpeara havia dois anos, fungava de vez em quando. Sua mão esquerda segurava o lenço molhado junto aos olhos e a outra estava sobre o ombro do menino. De vez em quando, seus dedos se apertavam de leve.

O garoto não se movia. Pálido e magro, parecia alheio a tudo: ao chão embarrado, ao frio da brisa que prenunciava outra pancada de chuva dali a pouco, às palavras do homem de preto, às nuvens, ao monte que esperava sua vez, e junto ao qual cochilava o coveiro, sentado na terra, escorado na pá. Nada disso existia para o menino, nada. Só a tampa preta que ocultava seu maior tesouro — aquele ao qual ele nunca mais teria acesso: os olhos de sua mãe. O sorriso de sua mãe. A voz dela.

Tudo acabado.

O sacerdote disse as palavras finais, agarrou um punhado de lama e lançou sobre o caixão. O ruído oco pareceu despertar o menino. Ele estremeceu. A mulher que o acompanhava redobrou os soluços. O pároco se aproximou dela e ofereceu algumas palavras de consolo. Ela concordava e assoava o nariz no lencinho encharcado, e por um instante esboçou uma dúvida. Deus sabe o que faz, dizia o homem. Mas olhando a silhueta do menino, ela pensou: "Sabe mesmo?".

O menino permanecia imóvel.

Do outro lado do monte de terra, o coveiro respirou fundo e levantou-se com um gemido baixo. Arrotou, cambaleou um pouco na direção da sepultura. Parou, usando a pá para se equilibrar, olhou para o buraco, depois para o céu, fez uma careta de desagrado, coçou o traseiro com a mão suja. A seguir, agarrou a pá, juntou terra, cambaleou um pouco, atirou o punhado barrento para o fundo. O impulso quase fez com que se desequilibrasse para dentro dela. Ele riu e virou para o lado. O menino o encarava com os olhos negros, duros, ferozes.

— Eh, desculpe, tá? — resmungou o homem. Estava bêbado. — Vai dar tudo certo.

Nem bem tinha terminado de falar, o pequeno avançou, agarrou o cabo da pá e o puxou para si. O impulso e a surpresa fizeram o homem soltar seu apoio, recuar de mau jeito e cair sentado na terra revirada.

— Saia daqui — rosnou o menino, fitando-o com fúria. — Você não é bom o bastante para ela.

O homem ergueu as mãos em defesa.

— E quem vai enterrar a falecida?

— Eu. Eu faço.

O coveiro olhou para o garoto. Um fedelho magro de doze, no máximo, treze anos. O cabelo negro, revolto, as mãos firmes mas delicadas. Mãos de um estudante. Ele achou que já o ouvira cantar no coro da igreja, aos finais de semana, mas não era um frequentador assíduo. Encarou o sacerdote e a mulher parados mais atrás, ele com uma expressão de enfado, ela com um ar atormentado.

— Você não vai dar conta do recado — duvidou o homem, levantando-se de novo. Oscilou.

O garoto arreganhou os lábios.

— Vá embora. Agora.

O coveiro deu de ombros, coçou o traseiro de novo.

— Não roube a pá, ouviu bem? Deixe ela aí do lado. Se não, eu sei onde você mora, vou lá buscar — ameaçou sem nenhuma convicção.

O menino não lhe deu ouvidos. Voltou-se para a terra solta e empurrou a ferramenta para dentro do monte, com vigor.

— Andreas, você não vai deixar ele fazer isso, não é? — duvidou o religioso, irritado e espantado, mas o bêbado já tinha se afastado alguns passos e observava o garoto, que enchera a pá de terra e a jogara com firmeza, para se voltar ao monte outra vez, num movimento mecânico.

— O que o senhor acha? O menino leva jeito! — E se afastou, com um aceno.

O pároco ficou estático, por um momento. Então deu um passo na direção do pequeno, mas a mulher o impediu com um gesto da cabeça. Depois, ela se aproximou do garoto que empurrava a pá com o pé, lançando terra para o buraco. Tocou-lhe o ombro, e ele se retorceu, afastando-a. Parou o que fazia, enterrou a pá no chão e, por um instante, a mulher pensou que ele seria razoável. Mas o menino apenas tirou o casaco escuro, que já lhe ia curto nas mangas, o dobrou com cuidado e o entregou para ela.

— Por favor, leve isto. Acho que vou voltar tarde — disse sem encará-la, retomando a pá.

— Vai chover — ela comentou, como se fizesse diferença.

— Há dias que chove — ele disse entredentes, jogando mais terra. — Aqui, dentro de mim, chove há dias. Preciso acabar com isso.

9

A mulher baixou a cabeça, suspirou e se afastou.

— Vou fazer uma sopa quente para você.

Ele a fitou com dor nos olhos escuros.

— Obrigado, Victoire. Por tudo.

O menino largou a pá brevemente e abraçou a cintura dela com força. Era tudo o que ele tinha. O pai se fora, a mãe estava morta. Tudo o que lhe restava era a velha governanta que tinha acolhido ele e sua mãe, havia seis anos, em um momento de dificuldade. Victoire nunca lhes dera as costas, mesmo no final doloroso da doença da mãe do pequeno.

Ele fungou, deixou-a, pegou a ferramenta outra vez e continuou o trabalho.

A mulher foi até o sacerdote, ambos conversaram baixinho. Por fim, os adultos se foram. O menino ficou sozinho com a pá, a terra e a tumba de sua mãe. A chuva miúda recomeçou seu choro sobre o campo santo, onde ele estava deixando sua infância.

Passaram-se horas.

Já escurecia quando bateram à porta da cozinha simples e clara. A mulher correu para abrir. Escorado na soleira, o garoto, encharcado pela chuva que aumentara, os braços cruzados sobre o peito, respirava aos arrancos. As mangas da camisa branca estavam sujas de terra e sangue. Tinha as palmas em carne viva.

O rapazinho ergueu para ela uns olhos vermelhos de tanto chorar e soluçou baixinho.

— Terminei, Victoire.

Ela estendeu os braços e o recebeu com ternura.

— Ah, Raoul, meu menino! — a mulher sussurrou.

A febre o consumiu durante dias. As mãos feridas inspiravam muitos cuidados.

Finalmente, certa manhã, Victoire sentou-se ao seu lado e leu uma nota curta no periódico local:

— "O senhor Andreas Encrier, coveiro municipal, sofreu um fato curioso, após o enterro da senhora Henriette D'Andrèzy, efetuado na última sexta-feira. Ao voltar ao cemitério para recolher suas ferramentas, deixadas lá por conta da chuva que caía no momento da cerimônia, o senhor Encrier notou que apenas o cabo de sua pá permanecia no local. A folha de metal, a qual constitui de fato a ferramenta, havia desaparecido. Posteriormente, descobriu-se, com a ajuda do pároco e de outros senhores, que esta se encontrava em seu jardim, com uma garrafa de bebida sobre ela, como se fosse uma bandeja. A visita dos homens à casa do senhor Encrier revelou que ele não executa a manutenção adequada dos equipamentos de sua atividade, além de ficar claro que não cultiva a mínima dignidade que sua triste atividade exige. Assim, seu posto foi declarado vago. O senhor Encrier deve perder o salário recebido do município." — Baixou a folha impressa e olhou para o rapazinho na cama. — Foi você, não foi? — indagou, séria.

Raoul sorriu, virou para o outro lado e, pela primeira vez em dias, adormeceu tranquilamente.

PRIMAVERA

1887

1 - OS ATORES

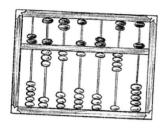

— Senhor D'Andrèzy, pode me explicar por que resolveu a prova de Matemática de ontem pelo método mais complicado? O senhor não tem nada mais para fazer a não ser aumentar seus conhecimentos para além da lição dada?

Alguns dos colegas que vinham pelo corredor de acesso às salas de aula aproximaram-se interessados do espaço onde estavam dois sujeitos: um louro e outro que usava uma velha toga teatral e uma meia cheia de pó de arroz sobre o cabelo, fazendo com que parecesse ser calvo. O rapazito louro e de rosto redondo levantou os olhos muito azuis para o colega que o interpelava e exibiu uma expressão inocente.

— Mas, senhor professor, doutor e sábio Patrice, eu apenas demonstrei boa vontade para com o tema tão complicado das somas e diminuições — disse com a voz doce.

— Como eu dizia, usou o método mais complicado: o do raciocínio. Onde está o seu ábaco?

Desta vez, o grupo que havia se reunido em torno dos dois personagens explodiu em uma gargalhada satisfeita, enquanto o lourinho estendia para o outro um ábaco intocado. O som alegre flutuou em torno do "professor", que se permitiu uma sombra de sorriso, e ecoou pelas históricas galerias do Liceu Luís II. Do andar de cima, debruçado na sacada de mármore, outro aluno da mesma idade dos demais ria, debochado. Mas logo, atraído por um movimento à sua direita, deixou o seu posto e sumiu pelo corredor mais próximo.

— O quê? — esganiçou-se o falso professor, arrancando mais risadas do grupo. — Mas como, *como?*, o senhor conseguiu tirar a nota máxima na prova? Dê cá esse papel, vou revisá-lo imediatamente. — Fez um gesto rápido junto ao colarinho do colega e, do nada, como em um passe de mágica, surgiu entre seus dedos um papel dobrado, que ele abriu com uma sacudida.

A plateia emitiu um "oohh" admirado. O lourinho saltou de espanto, rindo com os outros, e cochichou para o amigo:

— Raoul, meu velho, você está passando dos limites.

— O quê? — repetiu o falso professor, fingindo ler o papel. — Um mais um igual a dois? E sem ábaco? O senhor deve ser um prodígio. Deixe-me ver... Cinco mais cinco, dez? Suspeito que ande colando nas provas. Dez e dez, vinte! O senhor copiou do livro, estou convencido...

— Senhor D'Andrèzy! — o chamado trovejou pelo salão.

Todos os rostos se voltaram para o alto da galeria, num espanto, com exceção do "professor", que olhou o amigo e engoliu em seco. Lentamente, voltou-se para a galeria. Lá de cima, o professor de Matemática o fuzilava. Com a maquiagem e a careca falsa, o garoto parecia-se extremamente... a ele próprio!

— O senhor e o senhor Lesquin, façam-me o favor de subir agora mesmo.

— Achei que ele estivesse na biblioteca — sussurrou o lourinho, se levantando.

— Eu também. Francini me garantiu que o manteria lá por meia hora, pelo menos — desculpou-se o "professor", avançando para a escadaria no fundo do corredor e tirando a touca.

Ao chegarem ao lance intermediário da bela escadaria, enfeitada pela estátua do Arcanjo São Miguel vencendo o Dragão, o aplauso irrompeu entre os colegas que tinham ficado abaixo. Raoul deu uma meia-volta teatral, arrancou a meia da cabeça e fez uma profunda reverência para o seu público. Irritado, o verdadeiro professor bateu com os livros na sacada. O som ecoou entre as palmas.

— Vamos, Raoul, é melhor a gente não abusar — disse Lesquin, o loiro, puxando-o pela toga.

— Não abusar *mais*, você quer dizer — riu-se Raoul, seguindo o amigo.

No alto da escadaria, o professor os esperava, pálido de raiva. Passou o olhar pelo adolescente de olhos vivos e negros e cabelos revoltos, maquiado e vestido com uma toga professoral ultrapassada.

— Que pastiche, senhor D'Andrèzy, francamente! Acompanhem-me — ordenou o homem, dando as costas para os dois garotos.

Raoul olhou ao redor, espiando o seu público, que ainda o seguia lá de baixo, rindo, comentando e apontando para ele. Depois viu outro amigo parado nos últimos degraus da escada que levava à biblioteca, com uma expressão de espanto no rosto bochechudo, as maçãs muito vermelhas e os olhos arregalados. Em suas mãos estava um livro aberto de Matemática.

— Agora não, senhor Francini. Falamos mais tarde — disse o adulto ao passar por ele.

Do outro lado do corredor, o colega responsável pela presença do professor observava a procissão escorado contra a parede, de braços cruzados sobre o uniforme impecável e novo, o cabelo muito limpo num corte perfeito e com um belo sorriso.

— Nos vemos, filhote de barão — rosnou Raoul para o colega.

— Quando quiser, *provincial* — respondeu o delator com uma mesura discreta, usando o gentílico que identificava as pessoas não nascidas em Paris. Raoul odiava o termo, então o "filhote de barão" não o tratava de outra maneira.

Os dois detidos seguiram o professor até o fundo do grande corredor superior, e, obedecendo ao aceno dele, entraram na sala de espera do gabinete do diretor. Era uma peça ampla, alta, decorada com um tapete enorme, duas cadeiras de mogno e palha, e um sofá moderno, duro e arredondado, onde era impossível permanecer sentado sem escorregar para um dos sulcos entre as almofadas. Também havia uma mesa de centro com um guardanapo de renda muito branca e dois pedestais afastados, cada um servindo de suporte para a reprodução de uma obra de Jean Warin e Michel Anguier, respectivamente. Os pedestais ficavam ao lado da grande janela que era, naquele momento, a única fonte de luz da sala. Numa das paredes, forradas de madeira já escurecida pelo tempo, havia várias fotografias de turmas anteriores, feitas por Nadar. O som da rua entrava abafado.

O senhor Patrice fez um gesto para que os alunos permanecessem ali, bateu à porta e a entreabriu. Pela fresta, escoou a voz da secretária do diretor. O professor passou para a sala ao lado e sumiu de vista.

— Já viu isso? — indagou Lesquin, apontando para uma das fotografias.

— Não sei — comentou Raoul, conferindo com olhos críticos a estátua da esquerda, reprodução de uma escultura de Luís XIV. — Uma cópia ruinzinha, não acha? Já não gosto muito do ar vaidoso do original, mas este aqui é péssimo.

— Não conheço ninguém que ousaria criticar Warin e Luís XIV ao mesmo tempo, a não ser você. O busto do rei, contudo, é melhor, eu acho. Enfim, adoro essa fotografia — continuou o lourinho, debruçando-se sobre a imagem em preto e branco com uma expressão doce. — Dá para ver meu pai, bem à frente.

Atraído pelo tom melancólico do amigo, Raoul juntou-se a ele. De fato, na fotografia viam-se os alunos no dia de sua formatura, muito sérios, distribuídos em uma escadaria curva, enfeitada por um belo corrimão de ferro forjado. O pai de Lesquin era um dos primeiros, ao pé da escada, no centro: o porte orgulhoso, os cabelos penteados para trás, um incipiente bigode sombreando os lábios finos e irônicos. Olhava para a câmera como quem tem a certeza de ter todo o futuro por diante. Raoul balançou a cabeça; quem diria que se tornaria aquele homem amargo, com o qual já tivera a oportunidade de cruzar duas vezes. A morte da esposa, mãe do colega, tinha lhe roubado a alegria de viver.

Ao lado direito do conde de Lesquin e Saint-Vincent, outro sujeito chamou a atenção do garoto. Um rapaz sério, de rosto estreito, nariz proeminente, lábios firmes, que fitava a câmera como se encarasse um desafio.

— Olhe, o doutor Oudinot! — exclamou, surpreso por nunca ter percebido a presença do homem na foto, nas outras vezes que estivera naquele salão.

— Sim! Ele se formou na mesma turma de meu pai. Depois, papai estudou Direito e assumiu os negócios da família. O patrão de sua Victoire deve ter entrado na escola de Medicina. E aqui está o barão Toillivet, pai de Etiènne. Eram todos colegas. Uma pena o barão morrer tão cedo. Etiènne sente muito a falta dele.

— Medicina e Direito — comentou Raoul, ignorando as observações sobre o pai de seu desafeto —, tenho a ambição de estudar ambas as ciências. Uma cuida da saúde do indivíduo, a outra, da saúde da sociedade.

— O ideal seria você dedicar-se a uma delas, apenas. Tenho entendido que as duas são muito profundas.

Raoul sorriu e deu de ombros.

— Veremos o que acontece quando eu terminar meus estudos aqui no liceu.

— O que acha que vai acontecer com a gente, agora?

— Hum, uma reprimenda e a tradução de algum texto latino, posso apostar. — Raoul riu. — Da última vez, tive de traduzir Tito Lívio. O prefácio de *Ab Urbe* alguma coisa.

Lesquin fez uma careta de preocupação. Latim não era sua matéria predileta.

— Ah, por certo! — comentou ele, ao lembrar o gesto teatral do amigo. — Como é que você fez aquilo com o papel, lá embaixo? De onde o tirou? Fiquei tão curioso quanto os demais. Parecia um mágico de feira!

Raoul sorriu, um pouco triste.

— Foi algo que aprendi com um sujeito que passou na vila onde eu morava. Servia para alegrar minha mãe em seus últimos dias. Tirava flores de seus cabelos, moedas das orelhas de Victoire e a ouvia rir. Era bom.

A porta se abriu de supetão e o interrompeu. A secretária do diretor, uma mulher seca e sisuda, chamou-os:

— Senhores Lesquin e D'Andrèzy, por favor, queiram entrar.

Os dois amigos atravessaram a antessala, quase da largura de uma janela idêntica à que iluminava a sala de espera, também forrada de madeira escura, e passaram ao gabinete da direção. O professor Patrice esperava por eles, parado um pouco atrás do diretor Nouvelle, um sujeito baixinho, igualmente calvo, de óculos de aro dourado e bigode cinzento. O diretor examinou os dois rapazes com um bico desgostoso nos lábios grossos, o que lhe dava uma aparência de ave. Como era um homem pequeno e ocupava um salão bastante amplo, parecia uma avezinha de rapina insignificante, no fundo de um ninho grande demais.

Havia um relógio enorme à esquerda dos recém-chegados, um carrilhão de pêndulo dourado, cheio de desenhos. O mostrador era uma joia de laca, louça e ponteiros de bronze dourados. O som do mecanismo enchia a sala com seu solene fiar do tempo, ecoando pelas paredes forradas de carvalho, engolido pelo tapete caro que enfeitava o chão e pela grande mesa de mogno, pesada, cheia de papéis e livros. Atrás dela, um enorme armário envidraçado, tão austero e grande quanto o gabinete, exibia dezenas de volumes grossos e antigos. Havia, ainda, duas poltronas diante da mesa, mas nenhum dos alunos sentiu-se autorizado a sentar. A iluminação da sala era filtrada por cortinas claras, emolduradas por faixas largas de veludo verde e pesado. Atrás delas, duas janelas se abriam para uma sacada e deixavam passar os sons da cidade. Havia, também, um grande lustre, que era usado apenas à noite e em dias mais sombrios. Um abajur de pé dourado e cúpula de vidro fosco iluminava a mesa escura.

O diretor ficou em silêncio, intimidando Raoul com uma mirada de gelo nos olhos cinzentos. O adolescente permaneceu quieto por alguns instantes, depois respirou um pouco irritado e tirou a toga teatral que usava por cima do uniforme, a dobrou diligentemente e a segurou em um dos braços como se fosse um casaco.

— Então, senhor Arsène Raoul D'Andrèzy Lupin, por aqui, outra vez — disse o homem.

— Senhor diretor... — o aluno cumprimentou-o com um aceno de cabeça, sentindo o peso de seu nome completo sobre os ombros.

— Eu já não lhe havia dito que não o queria ver novamente?

Era uma pergunta retórica, e o garoto não respondeu. Lesquin se moveu, incomodado, e olhou para o amigo.

— Veja bem, senhor D'Andrèzy, acho importante que compreenda a situação. O senhor entrou no Liceu Luís II, ainda no ano passado, por uma deferência minha, pessoal, e por um pedido do doutor Oudinot, o seu senhorio. Conheço a família de sua mãe e conhecia a falecida Henriette D'Andrèzy, que Deus a tenha. Se ela errou em algum momento de sua vida, fazendo um casamento que sua família não aprovou, não cabe a mim julgar. Cabe a mim, se o senhor permitir, encaminhar o único filho dela para um futuro promissor, futuro do qual nenhum professor nesta escola duvida, a não ser eu e o senhor Patrice.

Raoul, que apertara os lábios ao ouvir o nome da mãe, estava com o rosto muito corado. Lesquin fitava a ponta dos sapatos.

— Essa sua tendência ao teatro e à anarquia terminará levando o nome da família dela para a sarjeta — completou o diretor.

O rapaz sentiu o golpe. Olhou Nouvelle com firmeza.

— Senhor, peço que me perdoe. Foi apenas um desabafo.

19

— Não é a mim que o senhor deve pedir desculpas. E de que tipo de desabafo está falando?

— Recebi um zero em uma prova, não por ter errado as respostas, mas por não utilizar o equipamento que o professor Patrice usa em sala de aula.

O diretor ergueu a sobrancelha e espiou o professor, desconfiado.

— Como assim?

— Resolvi a prova sem usar o ábaco.

Nouvelle voltou-se para o homem ao seu lado.

— Ábaco, senhor Patrice? Às portas do século XX? No Liceu onde estudou Blaise Pascal? Creio que nossos meninos precisam, a exemplo de nosso grande aluno, desenvolver o raciocínio, antes de mais nada.

O professor deu um passo à frente, pálido.

— Mas... mas, senhor, me foi recomendada a utilização de métodos tradicionais. Nada é mais tradicional do que um ábaco!

— Nada é mais tradicional do que o cérebro, meu caro — replicou o diretor. — Vamos continuar nossa conversa em seguida. Agora, quanto ao senhor, Claude Lesquin — o amigo de Raoul deu um pulo ao ouvir seu nome —, estou profundamente desapontado. Como se deixa levar pelas encenações do senhor D'Andrèzy? Acaso não sabe pensar por conta própria? Veremos o que o seu pai dirá sobre isso. O que o *senhor* tem para me falar?

Claude fechou os olhos, prevendo a bronca.

— Em minha defesa, senhor, só posso afirmar que concordo com as palavras de Raoul... do senhor D'Andrèzy. Eu também seria capaz de resolver a prova sem o equipamento. Era muito fácil.

Houve um silêncio profundo depois que a voz baixa, quase um sussurro, de Lesquin se calou. Apenas o tiquetaque solene do relógio se fez ouvir, seguido do engatar do mecanismo para soar um quarto de hora.

— Graves declarações, senhores, de fato — concluiu o diretor, respirando fundo. — Os senhores Lesquin e D'Andrèzy deverão ir à biblioteca e procurar a obra de Tito Lívio. Ainda hoje, quero a tradução dos capítulos I ao III de *Ab Urbe Condita I*, sobre a minha mesa, com a caligrafia de cada um, sem rasuras ou erros. E lembrem: Latim é a matéria que eu ensino.

Os garotos se remexeram — Lesquin, assustado com a tarefa e, D'Andrèzy, aliviado.

— Podem ir. Aguardarei ansioso os manuscritos. — Nouvelle sacudiu a mão como se espantasse moscas insistentes.

Porém, antes dos dois sumirem pela porta, ergueu a voz:

— Senhor D'Andrèzy?

Raoul parou com a mão na maçaneta.

— Sou um homem generoso, e o lema desta casa é *Docete omnes gentes*[1]. Mas da próxima vez, o senhor não voltará a pôr os pés nesta escola. É a sua última chance. Estamos entendidos?

— Sim, senhor diretor — concordou o rapazinho, com uma leve mesura. E desapareceu, depressa, nos passos do amigo.

A biblioteca do Luís II era uma das joias da escola, centro geográfico do edifício que um dia tinha sido uma abadia e cuja construção original ainda se podia admirar nas paredes externas. O liceu, se pudesse ser visto de cima, formava uma grande cruz latina. O ponto central era uma cúpula impressionante, erguida sobre um espaço aberto, internamente decorada com uma pintura de Jean Restout, representando o *Triunfo da Ciência*; retratava Copérnico, Galileu e Giordano Bruno observando o céu. As paredes altas que sustentavam a cúpula estavam recortadas por grandes vidraças que permitiam à luz do dia escoar para o centro do edifício, iluminando as grandes paredes do salão. O lugar era uma ilha de silêncio, onde o burburinho de Paris não conseguia penetrar. Chegava-se até ali emergindo

---

1 "Ensine todas as nações", em latim.

pelo vão nu de uma escada circular, uma abertura no chão de ladrilhos desprovida de qualquer proteção, o que causava alguns acidentes — pelo menos duas vezes ao ano, ouvia-se a história de um distraído que rolara degraus abaixo. Oito enormes estantes tomavam as paredes da biblioteca, demarcadas por colunas que evocavam os pontos da rosa dos ventos, arrematadas por lindas esculturas barrocas. Havia ainda doze grandes mesas para estudo e consulta organizadas no meio do vão. De espaço em espaço, entre as estantes, uma dúzia de vidraças estreitas se abriam, quatro delas alinhadas com o nascer do sol de solstícios e equinócios.

No total, a biblioteca abrigava conhecimento, luz e arte. Em todo o liceu, era o lugar predileto de Raoul, que conhecia cada recanto e significado desses detalhes. Mas, naquele dia, ele não estava ali para admirar a construção.

— Claude, preciso dar uma escapada.

O lourinho levantou o rosto avermelhado pelo esforço de traduzir um trecho difícil e encarou o amigo do outro lado da mesa, surpreso.

— Já... já terminou? — gaguejou.

Raoul suspirou e empurrou uma cópia do rascunho de sua tradução para junto dos papéis e livros do outro. O gesto foi rápido e casual, e o bibliotecário não percebeu nada. Para a sorte dos dois rapazes, o lugar estava cheio, com muitos grupos circulando entre as mesas. O Observatório de Paris lançara havia alguns dias o Projeto Internacional da Carta do Céu, que pretendia criar um mapa celeste moderno e preciso, e a escola, famosa por sua tradição na observação das estrelas, acompanhava a iniciativa com profundo interesse.

— Só não copie, tá? Faça algumas modificações na sua tradução, ou teremos problemas — sugeriu Raoul.

— Como conseguiu...?

— Eu gosto de Latim, só isso. Olhe, eu preciso que você distraia o bibliotecário por alguns instantes.

Claude espiou o sujeito sentado na mesa próximo do vão da escada.

— Por quê? — estranhou.

— Porque eu tenho de devolver isto. — O rapazinho mostrou ao colega um volume de tecido escuro. Era a toga e a touca careca que tinham utilizado em seu teatro. Claude franziu o nariz e não entendeu nada. — Estarei de volta às seis horas para entregar o manuscrito. Quero que você o distraia também entre seis e seis e cinco. Se não agirmos de modo sincronizado, terei de procurar outra escola para terminar meus estudos.

— Acha... acha que dará certo?

— *Preciso* que dê certo, meu caro. Não é uma questão de "achismo". Pode fazer isso para mim?

Claude respirou fundo e olhou para a tradução do amigo.

— Está certo. Vou ali falar com ele.

— Se o sujeito me procurar, diga que me senti mal e fui ao banheiro.

Os dois puxaram os relógios de bolso e ajustaram os ponteiros. Eram quatro e meia. Depois o lourinho se levantou e sorriu um pouco.

— Boa sorte. Não se atrase, está bem?

Raoul voltou aos livros, fingindo estudar alguma passagem, enquanto Claude se dirigia à mesa do bibliotecário. Houve uma troca de sussurros, e o funcionário se ergueu, rumando a uma das paredes e usando uma escada para alcançar um volume mais alto.

Vendo o homem de costas para a saída, Raoul deslizou agilmente entre os colegas. Um instante antes do sujeito virar-se e entregar o volume para Claude, o rapaz saltou pelo vão aberto, para cinco degraus abaixo, desaparecendo da biblioteca como se nunca tivesse estado lá.

2 - SEIS HORAS

Com passos rápidos, Raoul desceu até o segundo andar, e daí, espiando o corredor das salas de aula com atenção para não ser pego por algum professor, chegou à escadaria do arcanjo, que o levou ao térreo. Lá embaixo, atravessou o espaço onde, pouco mais de duas horas antes, haviam representado o que ele chamara de "desabafo". O salão se abria em quatro corredores. À sua frente, estendia-se um corredor fechado, demarcado por diversas portas de salas de aula, igual ao situado debaixo da escada. À sua direita, outro, com mais portas e dependências da escola, levava à entrada. E o da esquerda conduzia ao refeitório e à cozinha. Este era aberto, delimitado por colunas que davam para o pomar do liceu, de um lado, e os banheiros dos alunos e o salão de eventos, do outro.

Ele tomou o corredor da direita.

Atravessou o espaço, tranquilo o bastante para que não parecesse estar escapando e rápido o suficiente para não perder tempo. As salas da administração do Luís II estavam abertas, e com o canto dos olhos ele podia adivinhar o vulto das pessoas que cuidavam da parte burocrática do ensino. Não eram muitas, para a sua sorte, e encontravam-se concentradas em suas tarefas.

A grande porta da entrada estava fechada, mas isto não era problema. A velha fechadura só podia ser aberta por dentro, e nunca ficava trancada. O mecanismo era simples: para abrir, um trinco levantava uma tramela de ferro de um encaixe do mesmo material; ao fechar, baixava-a de volta. Raoul espiou sobre o ombro, para certificar-se de que estava só, depois puxou a tranca, abriu a porta e engatou nela um cordão, garantindo que teria controle para movê-la, mesmo estando do lado de fora, onde havia apenas uma argola de bronze. Saiu, segurando o cordão para cima, puxou a porta e largou o cordão devagar, prestando atenção ao ruído áspero do ferro. Depois puxou-o para baixo, para ter certeza de que a tramela encaixara no lugar, disfarçando o cordão na fresta da porta, e finalmente se afastou, aproveitando para liberar a gravata apertada e o primeiro botão da camisa.

A rua estava cheia de sol, ruído e movimento. Cavalos, carroças de mantimentos e carruagens disputavam espaço entre si. Via-se bastante gente: vendedores de balaios, homens com as mangas arregaçadas, vendedoras de pão com seus cestos compridos, meninos com grandes bonés de pano, gente que ia e vinha, alguns aos pares, outros sozinhos. Raoul caminhou junto à grade dos jardins do liceu, tentando ficar atrás das sebes e dos canteiros de tremoceiro, que começavam a se abrir em flores lilases. Finalmente, ao ganhar a esquina, mergulhou no Quartier Latin, o bairro dos estudantes, andando apressado pelas ruas que conhecia muito bem. Fez um desvio desnecessário, só pelo prazer de passar diante da Sorbonne, a universidade em que ele ambicionava estudar no futuro. Foi depressa até os arcos dos fundos do Teatro Odeon, onde se abrigou do sol da primavera. Senhoras de chapéus floridos, cavalheiros de roupa clara e palheta, costureirinhas e mais estudantes matando aula haviam tido a mesma ideia.

Continuou, com o passo leve. Diante do Senado, acomodado no Palácio de Luxemburgo, a rua ficava um pouco menos luminosa, por conta da sombra do edifício. Uma carroça carregada de cadeiras de madeira com assento e espaldar de palha saía do portão. O ar era mais abafado, e o cheiro de estrume e do corpo dos animais de tração subia pela rua movimentada, mas isto não o incomodou. Apesar de ter tido uma primeira infância fora da metrópole, ele era um estudante e Paris lhe caía muito bem, ainda mais na primavera. Nessas horas até sentia uma certa pena de ficar tanto tempo dentro de uma escola.

Praticamente ao lado do palácio ficava a residência oficial do presidente do Senado, o Petit Luxembourg e, justamente do outro lado da rua, um dos marcos que o velho regime distribuíra pela capital quando decretou-se que os franceses não mediriam mais as distâncias por toesas, e sim pela décima milionésima parte do arco do meridiano terrestre, compreendido entre o Polo Norte e o Equador, fosse isso o quanto fosse, e ainda que se chamasse, simplesmente, "metro". Como ninguém sabia de fato o tamanho disso, espalharam pedras com o comprimento exato em várias áreas da cidade, para que a população pudesse usá-las de régua.

Debaixo da pedra, duas pessoas aguardavam, entre as tantas que passavam. A primeira, uma mocinha com roupa muito colorida, trança caída sobre os ombros e medalhinhas prateadas presas nela, parecia uma personagem de Victor Hugo. Junto de si, um garoto miúdo, magro e de pele negra, olhos vivos e sorriso amplo, sentado no chão, lia um exemplar do Écho de France. Raoul consultou seu relógio de bolso: faltavam cinco minutos para as cinco horas.

— Sim, você está atrasado — comentou a moça, cruzando os lindos braços e fingindo estar aborrecida. — Tínhamos combinado às quatro e meia.

— Mil desculpas, senhorita Aube, tive um pequeno problema. — Raoul fez uma mesura e, ao erguer-se, sorria. Estendeu para ela o embrulho que carregava. — Mas foi um sucesso total. Agradeço imensamente o empréstimo e as lições de maquiagem.

Voltou-se para o rapazinho que lutava para concluir a leitura:

— Neste momento, a escola acha que estou traduzindo Tito Lívio na biblioteca — disse, comemorando a própria esperteza.

O outro levantou os olhos do papel.

— E o seu colega? Saiu-se bem?

— Sim, claro. Mas o pobre Claude continua lá... copiando a minha tradução.

A garota riu, divertida, e o olhar de Raoul se iluminou. Thérèse Aube era atriz e ainda mais bonita fora do palco do que sobre ele. O segundo menino disfarçou um sorriso e voltou à leitura. Em seguida, indagou, decifrando o texto com dificuldade:

— O que é *"fantôme"*?

Raoul fez um trejeito divertido.

— Uma alma penada, Jean — explicou. — O Écho de France anda escrevendo sobre fantasmas?

— É um artigo sobre uma aparição, há três noites — comentou o menino.

Sua pronúncia era arrastada e, o sotaque, estranho. A maioria das pessoas pensaria em um português falando francês, mas Raoul sabia que ele não era lusitano: Jean viera do Brasil e, é claro, não se chamava "Jean". Seu nome era João, mas em Paris ganhara outro para também subir ao palco: dono de uma voz maravilhosa, provavelmente tinha um belo futuro por diante.

O menino olhou de novo para o estudante e completou:

— Você não viu a notícia?

— Está por todas partes, todo mundo anda falando — concordou a garota. — Alguém se deparou com uma coisa assustadora na rua d'Enfer...

— Meio óbvio, não é, Thérèse? Se a rua é do Inferno, é de se esperar que as pessoas vejam coisas estranhas por lá, mesmo que a origem do nome seja muito menos assustadora. Aliás, a rua é perto da minha casa — desdenhou o estudante.

— E do teatro Saint-Michel, onde estamos nos apresentando. Você ainda não foi nos ver! — Thérèse cobrou, charmosa. Logo continuou o assunto: — Outro sujeito disse que viu Quasímodo em pessoa atravessando o Jardim de Luxemburgo com seu passo arrastado e a corcunda deforme... — Estremeceu.

— O parque fica próximo de Notre Dame? — quis saber Jean.

— Não, que ideia! O Luxemburgo é esse parque ali, atrás do Senado. Por quê? — questionou Raoul, meio escandalizado, meio divertido.

— O que Quasímodo faria longe de sua igreja?

— Vai ver, seus ossos ganharam vida e saíram das catacumbas — o estudante divertiu-se um pouco.

Jean não se intimidou. Na verdade, apenas estranhou algo.

— Quasímodo está enterrado em uma catacumba?

— Se ele fosse mais do que um personagem de romance, talvez estivesse — comentou Raoul.

— De fato. E por falar nas catacumbas... — Thérèse fez um gesto com o queixo para um grupo de trabalhadores que vinha saindo pelo portão do Senado.

Os dois meninos seguiram seu olhar, e Raoul franziu a testa. Um dos homens do outro lado da rua, a roupa simples e surrada, as botas características dos operários dos subterrâneos, cobertas de uma camada fina de pó branco, dedicou-lhe um olhar penetrante de reconhecimento antes de desviar a mirada. Um gosto de metal espalhou-se pela boca do rapaz quando reconheceu o ex-coveiro que quase arruinou o enterro de sua mãe.

— Quem são? — indagou, muito sério de repente.

— Alguém até poderia chamá-los de *cataphiles* — disse Thérèse —, mas são trabalhadores dos túneis parisienses. Querem que a Inspetoria Geral dos Subterrâneos aumente o seu salário por conta do risco que correm e vieram bater à porta de algum político graúdo que possa influenciar a decisão da prefeitura.

— Não me admira. É um trabalho realmente perigoso. Há uma semana houve um desabamento na rua Val-de-Grâce. Chegamos a sentir o tremor e depois soubemos que morreu alguém. A prefeitura precisa voltar a reforçar os subterrâneos — ponderou Raoul, absorto nos homens que se afastavam.

— Você conhece algum deles?

Ele assentiu com a cabeça.

— Sim, infelizmente. O sujeito que me olhou se chama Andreas Encrier. Era coveiro. Mas isso ficou para trás. — Esboçou um novo sorriso.

— O que são "*cataphiles*"? — intrometeu-se Jean, saboreando a nova palavra.

Thérèse deu meia-volta. O movimento fez a saia colorida flutuar ao redor dela.

— Pessoas que visitam as catacumbas de Paris — explicou.

O brasileiro se aprumou.

— Então Paris tem, mesmo, catacumbas? Achei que elas fossem exclusividade de Roma.

— Não são catacumbas de verdade — esclareceu Raoul, consultando o relógio. — São velhas pedreiras que se estendem por baixo da cidade e que tiveram alguns corredores transformados em ossários no século passado. É uma visita que estou devendo a mim mesmo. Quero o título de *cataphile* no meu currículo.

— Ah! Paris! Catacumbas, fantasmas, aparições de Quasímodo pelos parques... Esta cidade oferece mais trevas do que luz — zombou Jean.

— Sem luz não há sombras. É o contraste que define o mundo — filosofou o estudante.

Jean rodopiou, lançando o jornal para cima e realizando uma cambalhota ao redor dos amigos, enquanto as folhas de papel farfalhavam em torno deles.

— Certo! Sem o dia, não existe eu, Jean Nuit, o João Noite — comentou.

Thérèse revirou os olhos.

— O nome que o senhor Florian lhe deu subiu bem rápido à sua cabeça — reclamou. Depois, voltando-se a Raoul, lançou os braços sobre os ombros dele. — Que tal pagar um refresco para todo mundo? Já estamos atrasados para o ensaio, mesmo.

Um sino soou, sinalizando o horário: cinco e meia. O rapaz desvencilhou-se dela com pena.

— Queridos, lamento muito, mas preciso voltar. Se não estiver na biblioteca às seis e cinco, terei problemas. — Beijou a mão da menina e fez uma mesura para o acompanhante dela. — Assistirei à Trupe dos Filhos de Tália ainda esta semana, eu prometo. Então os levarei para um refresco. Obrigado pelo figurino e pelas aulas de maquiagem. Meu respeito ao senhor diretor. Nos veremos!

Em dois passos, desapareceu entre os passantes, apressado. Não queria se aproximar pela frente da escola, porque a essa hora já devia haver algumas carruagens esperando pelos alunos mais abastados. O Luís II era uma escola só de meninos, parte internato e parte externato. Muitos alunos circulavam a pé ou usavam o transporte público, mas os mais ricos tinham as carruagens da família. A última coisa que Raoul precisava era de um bando de cocheiros testemunhando um aluno entrar pela porta dianteira, como se fosse o diretor.

Escolheu fazer o caminho mais curto, contornando o Jardim de Luxemburgo, ignorando casais que circulavam de braços dados e vendedoras com cestas, e escapando dos guardas com a habilidade de um garoto de rua. Chegou depressa ao Panteão, onde atravessou a via para esgueirar-se pelos muros da Biblioteca de Sainte-Geneviève, até atingir os jardins dos fundos do liceu.

Como muitas outras propriedades, o terreno da escola sofreu um recorte há pouco mais de três décadas, durante a grande reforma da cidade. A área original havia sido dividida e, parte dela, vendida. O colégio era uma reforma que dera uma nova função a uma velha igreja. Mantinha, no lado leste da construção, um pomar e uma pequena horta, para onde se abria o corredor do salão de palestras. Junto ao limite do pátio, erguia-se o depósito de ferramentas. A grade externa do muro vinha desde a entrada da escola, dando a volta em toda a propriedade, até ser interrompida pela parede dos fundos desse depósito, depois continuava a partir dele, abraçando o terreno até chegar, pelo outro lado, à entrada.

A parede do pavilhão compunha-se de pedras antigas, irregulares e cheias de saliências. O lado de dentro da cerca era fechado por um limoeiro velho a oeste e uma grande laranjeira a leste. Embora fosse fácil de escalar, Raoul não estava interessado em ser visto subindo a parede por algum dos passantes, ou que o padre da igreja de Saint--Étienne-du-Mont, na esquina oposta, viesse conversar com o diretor sobre a possibilidade de o depósito ser utilizado como porta dos fundos da escola pelos alunos. Então, escorou-se no ponto em que a grade, constituída de altas lanças retas, era interrompida pela parede antiga, cuja irregularidade formava uma fenda junto ao alicerce. Esperou uma senhora apressada atravessar na direção da igreja. Quando a mulher lhe deu as costas, Raoul olhou em volta, achou que era seguro e, com o pé, empurrou um pedregulho alto e fino que mantinha frouxo para necessidades como aquela, aumentando o vão entre a parede e a primeira lança ao lado dela. Depois, abaixou-se depressa e cruzou pelo espaço que se formara. Do outro lado da cerca, escondeu-se atrás do limoeiro de copa baixa. Com algum esforço, recolocou a pedra achatada em seu lugar. Ao puxar o braço, porém, um dos espinhos afiados da árvore abriu um profundo arranhão no dorso de sua mão. Raoul praguejou e levou-a aos lábios. Na sequência, ergueu-se e consultou o relógio: dez para as seis.

Rápido, escapou pelas sombras das árvores até o corredor aberto, e dali refugiou-se no banheiro. Encontrou um lenço no bolso, com o qual secou o sangue que, por pouco, não manchou a manga da camisa. Bateu o pó da roupa, arranjou os cabelos. Finalmente, acertou a camisa e a gravata diante do espelho, e, por fim, andou à porta, que abriu com segurança.

Do outro lado dela, um homem o fitava. Ofuscado e sem conseguir identificar o sujeito a princípio, Raoul sentiu o estômago gelar.

— Boa tarde, senhorzinho — disse o homem com uma voz rouca, tirando um chapéu de palha meio torto.

O estudante respirou fundo. Era Gustav, o jardineiro da escola.

— Boa tarde, Gustav. Teremos limões este ano? — perguntou, experimentando a voz. Estava firme.

— Com certeza, senhorzinho, com certeza.

O jovem sorriu, seguro de si, e rumou para o interior da escola. Já tinha subido quatro degraus da escadaria do anjo quando ouviu vozes e percebeu que dois colegas desciam um dos vãos. Não teve escolha a não ser pular o corrimão largo e ocultar-se nas sombras ao lado da escada, rezando para que ninguém saísse de alguma das salas laterais.

— Que alívio escapar da aula de Patrice — disse uma das vozes. Era Etiènne Toillivet, o colega que delatara sua farsa com Claude, mais cedo.

As mãos de Raoul se contraíram em punhos furiosos e o corte do limoeiro reabriu, mas ele nem sequer percebeu, toda sua atenção voltada para os dois alunos que se arrastavam escada abaixo.

— Eu estava dormindo sobre o livro — riu-se o outro.

— Acho que ele devia ser demitido. Ensinar Matemática com um ábaco a esta altura do século XIX? Tenha dó!

— Morri de rir com o teatro de D'Andrèzy e Lesquin.

— Sim! Quase me deu pena de denunciá-lo, mas o restante foi ainda mais divertido. Adorei ver D'Andrèzy ser levado à direção. Espero que Claude se dê conta do péssimo amigo que arranjou e volte a andar com a gente. Desde que esse tipo apareceu, ele esqueceu os amigos que tinha!

A dupla se afastou na direção do banheiro, e Raoul pôde retornar à escada. "Maldito Etiènne, não perde por esperar", pensou.

Quando o sino da igreja começou a bater seis horas, seu coração pulou no peito. Subiu os degraus, sentindo cada badalada soar como se fosse a última. Assim que a derradeira ecoou distante, ele estava junto aos degraus superiores da biblioteca, tentando respirar devagar, as faces coradas pela subida. Forçou-se a ouvir além das batidas de seu coração.

Claude se encontrava perto da mesa do bibliotecário, perguntando-lhe algo. Raoul ousou espiar: o corpo do colega lhe servia de escudo. Subiu dois degraus. Claude moveu-se para a esquerda, e seu amigo conseguiu avançar outro passo. O lourinho discutia, agora, sobre uma obra qualquer, empertigando-se, mas o bibliotecário não estava convencido da necessidade de ir buscá-la. Dava para notar que a voz do colega trazia certo nervosismo. Raoul terminou de subir ao mesmo tempo que Claude recuou um ou dois passos e o bibliotecário se ergueu. Os olhos do homem, um sujeito magro, de nariz adunco, desviaram de Claude para ele; parecia ter acabado de enxergar uma aparição. Raoul passou pelos dois na direção da mesa que ocupara mais cedo, sem uma palavra sequer.

— Senhor D'Andrèzy?

O rapaz parou e se voltou para o bibliotecário com uma expressão inocente, repleta do mais completo tédio que um aluno poderia cultivar em uma biblioteca. Parado mais atrás do sujeito, Claude revirava os olhos para o Céu, num agradecimento mudo.

— Onde o senhor feriu a sua mão?

O coração de Raoul ameaçou parar. Ele abaixou os olhos e viu que um filete de sangue escorria do corte do limoeiro, por cima de seus dedos.

— Ora... Eu me feri com o papel ao tentar virar a página com o dorso da mão — gaguejou ele, sentindo que seria pego em flagrante. Duvidou que o bibliotecário acreditaria numa mentira tão frágil.

O homem franziu a sobrancelha, irritado.

— Que ideia tola, a sua! Desça e limpe isso, antes que infeccione. Aliás, não lembro de tê-lo visto passar perto de estante nenhuma, a tarde inteira.

O rapaz deu de ombros e olhou ao redor, caminhando devagar para a escada. As outras mesas continuavam ocupadas pelos estudantes de astronomia. Todos ali vestiam o mesmo uniforme.

— Com tanta gente aqui, não me admira — comentou, despreocupado. — Vou me lavar.

Ao passar por Claude, sentiu como o amigo respirava fundo. Tinha sido por um triz.

Raoul sorriu confiante e desceu novamente para o banheiro. A sorte maior do final de tarde foi não encontrar Etiènne no trajeto.

3 - QUASÍMODO

Na manhã seguinte, Paris despertou com um estremecimento. "Despertou", se é que a capital dormia. Aparentemente, nas sombras da cidade-luz, coisas macabras jamais descansavam.

A notícia que corria solta tornava o incrível quase concreto e dava contornos ainda mais sinistros ao misterioso vulto noticiado pelos jornais, dias antes. Da Porte Saint-Denis ao Parque Montsouris, das sombras do Bois de Boulogne aos passantes da Praça da Nação, todo mundo comentava à boca pequena, com infinitas variações, o episódio bizarro vivido por uma vendedora de uma das modernas galerias de departamento, ao voltar para casa tarde da noite, após algumas horas divertidas em um teatro. A mulher, chamada Philipa, andava com uma vizinha sua, então, desta vez, não era apenas o relato de um passante qualquer, mas a palavra de duas trabalhadoras de Paris.

A história era de arrepiar: elas tinham acabado de descer de uma carruagem alugada, próximo de onde viviam, e estavam atravessando o Jardim dos Grandes Exploradores, quando viram um homem mais à frente, andando com muito esforço, puxando uma perna e exibindo uma corcunda gigantesca. O sujeito parecia buscar, sempre, as sombras das árvores do passeio, como se quisesse ocultar-se. Philipa puxou a amiga para trás de um dos troncos mais robustos, junto à cerca baixa que circundava o parque, a fim de que não fossem vistas pelo sujeito. Ali, escondidas, o observaram parar em frente a um dos banheiros públicos. Depois, tirou das costas o volume que elas até então tinham achado ser a corcunda e o jogou no chão com um palavrão. Ato contínuo, agarrou o conteúdo do volume e o dobrou, forçando-o com o peso do seu corpo. A vendedora jurava ter ouvido um estalar de ossos, mas sua companheira não o confirmava, porque, a essa altura, estava tão assustada que não conseguia mais "distinguir o Céu da Terra", de acordo com o seu depoimento. Finalmente, o homem endireitou-se. Ouviram um ruído áspero e agudo, como o de um portão de ferro se abrindo, e então... *o homem desapareceu como se o chão o tragasse*. Um segundo mais tarde, o volume sumiu da mesma maneira.

Curiosa, Philipa aproximou-se sempre à sombra das árvores, atravessando o portão de acesso ao parque, que se encontrava inesperadamente aberto. Súbito, seu pé tocou em algo, e ela abaixou-se para ver o que era. De início, pensou que poderia ser um galho de árvore caído e o agarrou, com o intuito de defender-se, caso o homem voltasse. A coisa era fria e pegajosa, o que lhe despertou um alarme interno. Ao voltar-se para a luz distante da luminária pública, olhou o que tinha em mãos.

Então... o horror!

Philipa segurava os ossos de um antebraço humano, do cotovelo até os dedos, que se moviam insanamente com o movimento que ela fazia.

A mulher largou os ossos com um grito e tentou fugir, mas encontrou o homem, que voltara para recolher o pedaço faltante à sua terrível carga. Ele avançou para ela, um vulto grande contra a luz da rua, murmurando palavras que Philipa não entendeu. Na cabeça estranha, um único olho brilhante fixo, e esticava as mãos na direção do seu pescoço. A mulher gritou outra vez.

Ao longe, ouviu o apito de um guarda. Então correu, saindo por onde entrara, sem olhar para os lados, e por pouco não foi atropelada por uma pequena charrete que passava na avenida. Naquele momento, esquecera a amiga, esquecera si mesma, esquecera o mundo, presa do medo e do olhar do "monstro louco", conforme suas próprias palavras.

Mais tarde, na presença de um policial, a companheira de Philipa confirmou toda a história — menos a parte em que o homem tinha voltado para matá-la. Afirmou que não viu nada disso, mas também é verdade que a encontraram abaixada atrás da árvore em que tinham se escondido, desfiando uma ave-maria atrás da outra.

Uma busca imediatamente organizada pela polícia, contudo, não encontrou ninguém: nem o homem, nem o fardo, tampouco os ossos que a mulher, ainda trêmula, afirmava ter segurado nas mãos. Haviam desaparecido como fumaça, em plena avenida. Mas o portãozinho estava aberto, o que era irregular.

— Ah, Victoire, quanta imaginação deve ter a pobre Philipa!

— Por que diz isso? — indagou a mulher, batendo no avental que cobria a parte frontal do vestido escuro.

— Porque, veja bem: se o sujeito estava se movendo à contraluz, como ela pode ter visto "um único olho brilhando" no rosto dele? Ela só poderia enxergar isso se houvesse luz sobre suas feições e, neste caso, dada a proximidade, também poderia descrevê-lo — explicou Raoul com um suspiro. — Aposto que metade dessa história é invenção de uma mente perturbada por uma noite no teatro, somada aos boatos de assombração desta semana.

— Ou havia uma outra fonte de luz que iluminasse o rosto do sujeito, como um poste situado atrás da testemunha. Pelo que sei, a iluminação pública de Paris ainda funciona — declarou alguém de voz grave, entrando na sala de jantar. O homem sorriu para o garoto e a governanta. — Bom dia.

Raoul saltou depressa de onde estava, dobrou o jornal que lia e o deixou ao lado do prato do dono da casa.

— Bom dia, doutor Oudinot — cumprimentou Victoire com um

sorriso. — Espero que não se importe deste insolente andar lendo o seu jornal antes do senhor.

O homem sorriu levemente.

— Não, em absoluto. Eu aprecio jovens interessados na realidade. Então, Raoul, conte-me tudo enquanto tomamos o desjejum. Que história é essa?

O rapaz sentou-se ao lado do médico, servindo-se de pão e manteiga, enquanto narrava vivamente o que acabara de ler no jornal. Victoire trouxe leite, e o cheiro bom das manhãs se espalhou pelo salão.

Relíquia do século XVIII, a propriedade do doutor Oudinot ocultava-se atrás de um muro, no fundo de um jardim sombrio, cujo portão principal abria-se para a rua de Val-de-Grâce. Nem sempre fora assim. À semelhança do terreno do liceu, a propriedade tinha sofrido grandes recortes. Apenas uma parte do terreno original sobrevivera, quase engolida pelas novas construções promovidas por Haussmann, o arquiteto que redesenhara Paris sob o patrocínio de Napoleão III. Sobrevivente de outros tempos, a casa era um palacete cuja fachada se escondia atrás da copa de velhas árvores, que tornavam o nascer da manhã mais denso e escuro, mas que também promoviam tardes muito agradáveis.

Levantava-se muito cedo na casa do doutor, por conta dos clientes que vinham consultar-se e dos pacientes que ocupavam a ala oeste da residência, transformada em uma clínica de reabilitação. Victoire só tinha aceitado o trabalho na casa, que dividia com uma enfermeira e uma diarista, além do jardineiro, porque lhe foram oferecidas condições excepcionais de acolhimento para Raoul. A velha governanta adotara o menino após a morte de Henriette e não cogitava deixá-lo em algum orfanato — esperaria que tivesse idade legal para cuidar de si mesmo. O posto de trabalho caíra do Céu: Oudinot necessitava de alguém para cuidar de tudo e oferecia casa e acolhida em troca de disposição imediata vinte e quatro horas por dia. Aceitara a presença de Raoul sem discutir: tinha espaço sobrando na ala dos criados, no sótão. Por outro lado, parecia gostar, de fato, da companhia do garoto.

Por enquanto, Victoire e Raoul ocupavam dois dos quartos no último andar — os outros permaneciam vazios. O garoto podia usar a biblioteca do primeiro andar, diante da qual havia um grande salão. O aposento era iluminado por uma imensa janela, guarnecida por pesadas cortinas, que dava para as árvores em frente à casa. Ao abri-las, uma brisa fresca inundava o espaço. Raoul costumava entrar na biblioteca através de uma escada de serviço estreita e rangente, escondida atrás de uma parede fina e cuja porta estava devidamente disfarçada no papel de parede que decorava o ambiente — um clássico de época, em sua opinião. Dessa forma, evitava o salão que ocupava o centro do primeiro andar, usado como sala de espera pelos clientes do médico, já que dava acesso a todos os aposentos daquele piso.

O garoto também ignorava a entrada social, com suas três grandes portas, e a escadaria para o andar superior, preferindo, sempre, entrar pela cozinha, onde reinava Victoire. O restante da casa era o espaço de trabalho do médico, e nenhum dos dois tinha acesso aos pacientes. Morar ali era um privilégio, e Victoire e Raoul sabiam disto, não apenas por poderem ocupar quartos individuais e a biblioteca para os estudos do menino, mas pela localização da propriedade, em um bairro próximo à escola. Sem necessidade de usar o transporte público, Raoul economizava o que lhe sobrara de um investimento antigo em pedras preciosas de um colar de certa família e pagava ele mesmo os seus estudos, situação bastante incomum para um estudante da época. O bom nome de sua mãe, a localização de sua moradia e a carta de apresentação fornecida pelo médico haviam contribuído para que as portas da escola se abrissem à metade do ciclo letivo do ano anterior. Tirando as visitas à direção, até aquele momento tudo corria às mil maravilhas. A mudança do interior para a capital francesa era um sucesso absoluto na vida do menino e de sua governanta.

O relato de Raoul sobre a notícia do jornal arrancou expressões surpresas do médico. Atento, ele seguia os gestos do rapaz com um ar divertido, até interrompê-lo, um pouco bruscamente:

— O que você fez na mão? Espero que isso não tenha nada a ver com a carta que recebi do diretor Nouvelle, ontem à tardinha.

Raoul calou-se com o susto. Em seguida, sorriu.

— Uma certa aventura que tive no pomar da escola. Me feri em um espinho de limoeiro, não é nada para se preocupar — resumiu, olhando para a faixa que envolvia, exageradamente, a mão direita.

— Quero ver o machucado antes de você sair. Assim que terminarmos o café, iremos ao consultório.

Mal acabou de dizer isso, Victoire veio da cozinha com o rosto sério.

— Auguste está aqui e deseja falar com o senhor.

O médico piscou os olhos muito azuis e limpou a boca no guardanapo de linho.

— Que passe.

A mulher voltou à cozinha, sendo substituída pelo jardineiro na sequência. Era um homem já entrado em anos, de nariz grande, boca estreita e sobrancelhas selvagens, debaixo das quais brilhavam os olhos mais claros que Raoul se lembrava de ter visto. Ele nunca usava outra roupa que não a de serviço: calças com suspensórios meio largas, sempre sujas, botas grossas como as de um trabalhador dos subterrâneos, esbranquiçadas e usadas, casaco velho jogado por cima da camisa cinzenta e manchada. Na cintura, levava um ruidoso molho de chaves. Suas mãos grandes e nodosas nunca estavam totalmente limpas. Naquele instante amassava nervosamente a boina de tecido grosso que costumava ocultar sua cabeça meio calva e parte do rosto.

— Bom dia, doutor. O senhor me pediu para vir logo cedo.

— Sim, é claro. Tudo arranjado?

O homem fitou o garoto, em dúvida.

— Sim, doutor.

— Nenhum problema, eu espero.

Auguste remexeu a boca de um jeito um tanto cômico.

— Bem... não, doutor. Ao final, nenhum problema.

O médico espiou Raoul e piscou um dos olhos, cúmplice e divertido, depois voltou ao jardineiro.

— Ótimo. Vá até a cozinha e diga à Victoire que eu lhe permiti uma refeição completa. Deve estar com fome, e quero que o senhor apare os arbustos perto da entrada, ainda pela manhã.

O rosto do sujeito se abriu em um sorriso satisfeito. Alguns dentes lhe faltavam, mas quase não se notava.

— Obrigado, doutor, não como nada desde ontem!

— Foi o que imaginei. Depois de terminar, tire o resto do dia de folga. Vá ver a sua ruiva Gretel. Agora, pode ir.

Os olhos do jardineiro brilharam ao escutar o nome da mulher. Virou-se na direção da cozinha. Victoire lhe daria um prato do que sobrara da ceia da noite anterior, um copo de vinho e o mandaria comer lá fora.

Contudo, antes que ele saísse, ouviram uma discussão no aposento ao lado. De repente, uma mulher irrompeu na sala de jantar, o chapéu velho torto sobre os cabelos curtos e mal cortados. Suas roupas eram muito pobres. A saia murcha denunciava a falta dos saiotes de armação. Os sapatos, diferentes um do outro, eram sujos e usados. Ela tinha nas mãos uma pequena bolsinha de veludo rasgada, que deixava ver o forro.

— Desculpe, doutor, não consegui impedi-la... — lamentou Victoire logo atrás da mulher.

— Doutor! Doutor Oudinot! Por favor, preciso de notícias do meu irmão — suplicou a recém-chegada, à beira de lágrimas, sem ousar avançar.

Oudinot limpou os lábios com um guardanapo muito branco e permaneceu onde estava.

— Meu irmão, senhor, Lucien é seu nome! O senhor precisa lembrar: Lucien Branches. Tem apenas a mão esquerda, a direita é diminuta, como a de uma criancinha.

— Não sei de quem está falando — disse o médico, balançando a cabeça.

— Mas, sim, sabe, sim — insistiu a mulher. — É um que tem mania, está sempre falando no tesouro de Philibert. Não fala de outro assunto, o pobrezinho. Meu irmão não tem muitas luzes. Por favor, senhor, preciso de notícias dele. Meu irmãozinho é tudo o que tenho! — A mulher soluçava, desesperada. As lágrimas escorreram pelo rosto cansado e bastante sujo.

— Senhora, asseguro-lhe...

— Minha mãe o deixou aqui! — ela o interrompeu aos gritos. — Disse que o senhor lhe deu uma quantia, para que o abandonasse! Quero ver meu irmão! Quero vê-lo! Tenha piedade! Já perdi a conta das vezes que o procurei. O senhor precisa se lembrar de mim! Não é a primeira venho à sua casa. Olhe, agora posso lhe devolver o dinheiro. Vendi meus cabelos e meu dente de ouro para isso. Ó, veja! — Abriu a boca e exibiu um buraco entre os demais dentes ruins. Oudinot fez uma careta de desagrado. Ela prosseguiu, enterrando o rosto entre as mãos. — Devolva o meu irmão, doutor, devolva-o para mim!

O médico suspirou e levantou-se, dando a conversa por encerrada.

— Não sei quem é Lucien Branches e não me recordo da senhora — declarou. — Peço que se retire. Por favor, Auguste, ajude-a a encontrar a saída.

Auguste avançou dois passos e agarrou o braço da mulher com firmeza. Ela ainda resistiu um momento, mas o aperto do homem era feroz.

— Se não devolver meu irmão, irei à polícia! — ameaçou enquanto o jardineiro a puxava na direção da cozinha.

Oudinot balançou a cabeça e fez um sinal para Raoul acompanhá-lo.

— Fique à vontade. Eu não temo intimidações de gente do seu nível. — Afastou-se para o saguão. — Vamos, Raoul. No que me diz respeito, o café da manhã terminou.

4 - BEM À VISTA

Uma hora mais tarde, o rapaz entrou pela porta da frente do Liceu, junto a seus colegas, exibindo um curativo discreto na mão ferida. Parou para tirar o cordão da tramela da porta, que continuava lá, e livrou-se dele no primeiro bolso que encontrou, afora o seu. Depois se preparou para um dia tranquilo, como, excepcionalmente, aquele foi, com exceção dos muitos comentários sobre o episódio do Quasímodo do Jardim dos Exploradores e da lembrança da mulher que procurava o irmão que o tomava de vez em quando. Ele não sabia que os pacientes do doutor tinham família. Segundo lhe haviam dito, os doentes estavam hospedados lá por caridade, pois não tinham mais ninguém no mundo. A cena ficara impressa em sua memória, como uma peça mal encaixada em um quebra-cabeças que, até então, lhe parecia um quadro sem recortes.

Em um dos intervalos, Claude se aproximou de Raoul. No momento, o estudante tentava se livrar de um grupo de alunos menores que o adoravam e o seguiam por todos os lados. Eram cinco ou seis parados diante dele, na expectativa. Raoul os encarou com firmeza e disparou:

— O chefe mandou... vocês darem vinte voltas no pátio, pulando como sapos!

Imediatamente, os pequenos uivaram, protestando. Raoul era mau! Raoul era exigente! Vinte voltas como grudentos e viscosos *sapos*! Não como ursos, ferozes e grandes, ou leões, ferozes e majestosos. Tinha de ser um bicho tão desprezível?

O garoto cruzou os braços diante do peito. Os pequenos suspiraram e abaixaram-se, saltando uns atrás dos outros. Eles amavam Raoul.

— E tratem de coaxar! — exigiu, escondendo o riso. "Crocs" e "nhééés" começaram a ecoar pelo pátio.

— Lembrando sua origem camponesa com os meninos pequenos, *provincial*? — provocou Etiènne, passando por ali na companhia do seu inseparável amigo.

Raoul se voltou para ele, pronto para começar uma briga, mas viu o professor de Matemática parado à porta, observando-os com atenção, e tratou de se controlar.

Claude interveio:

— Você podia se comportar como um garoto educado, não, Etiènne?

— E você podia voltar às amizades que abandonou quando esse sujeito chegou, não, Claude? — replicou o filho do barão. Mediu Raoul de alto a baixo. — Eu, pelo menos, não roubo *macarons*.

— Nunca houve prova disso! — bradou Claude.

— A bandeja foi deixada sobre a bancada, na sua casa, e Raoul circulou sozinho na cozinha, onde, aliás, é o lugar dele. Mais tarde, o mordomo descobriu que onde deveria haver vinte doces, só tinha dez. A cozinheira levou uma reprimenda.

— Ouvindo fofoca da cozinha, Etiènne? Nem parece você! — irritou-se Claude.

O acusado deu de ombros.

— Saí de lá bem antes de sentirem falta dos doces — defendeu-se Raoul sem muita convicção, apertando os lábios para não sorrir diante da lembrança.

No dia mencionado, fora à casa de Claude estudar. Encontrou a bandeja de doces que seriam servidos após o jantar sobre a bancada da cozinha, e ninguém à vista. Abriu o alinhavo da costura do forro que Victoire pusera no chapéu palheta do uniforme, porque era grande demais para o menino, e organizou os doces achatados entre o tecido e a palha, para depois fechá-lo de novo. Foi mais um gesto do que um pensamento. É verdade que, mais tarde, quando sentou--se em um parque para devorá-los, estavam amassados e em cacos. Grande parte ficou no chão, onde um bando de pombas se reuniu. Mas foi divertido, de qualquer modo. Raoul era louco por doces.

Porém, a acusação, que ele nunca negara diretamente, lhe valera a proibição de frequentar a casa do amigo. Etiènne conhecia a história e, o que não sabia, deduzia.

Claude virou-se para Raoul, disposto a ignorar o colega.

— E então, você leu o anúncio do meu pai hoje? Está em todos os jornais.

O rapaz piscou, confuso.

— Anúncio? Não, não vi. Acho que não prestei atenção.

— Devia estar mais preocupado com alguma promoção de *macarons*, onde pudesse tentar a sorte com um balconista distraído — zombou Etiènne.

Claude o ignorou e puxou um recorte, que entregou ao amigo. Seu pai, o conde de Lesquin e Saint-Vincent, estava oferecendo uma quantia bastante expressiva para quem trouxesse uma prova da existência real do Quasímodo do Jardim dos Exploradores. Raoul se interessou no ato.

— Que boa ideia! Esse dinheiro seria o suficiente para eu pagar pelo próximo ano letivo sem ter de mexer em meus investimentos! — comemorou.

Etiènne afastou-se de ambos com uma expressão carregada, e Claude continuou, animado:

— E talvez, se conseguisse alguma coisa, meu pai o encararia de uma maneira mais positiva, e você poderia voltar a visitar a minha casa.

Raoul focou o olhar ambicioso no anúncio, duvidando um pouco. Depois da história dos *macarons*, o conde tinha proibido sua presença na residência não pelos doces em si, mas pela suspeita do ato. Além disso, os meninos não faziam ideia, mas o conde conhecia o pai de Raoul e não o aprovava. Isso tudo o levava a torcer o nariz para a amizade do filho com o órfão. Mas quem sabe afrouxasse a rigidez, se Raoul encontrasse alguma pista. Valia a tentativa, também pela soma vultosa.

— Vou me dedicar a isso logo depois das aulas... e de assistir à Trupe dos Filhos de Tália, à tarde. Por que não vem comigo?

Claude titubeou. Ver a bela amiga de Raoul na pele de alguma heroína romântica era uma tentação bem grande.

— Eu gostaria... mas hoje tenho um chá com a minha avó. Ela está de partida para a sua temporada em Barcelona. Papai prometeu um anúncio importante, e eu preciso estar presente — lamentou.

— Bem, a Trupe ficará em cartaz até o final da temporada. Tenho certeza de que poderemos vê-la um outro dia.

Claude se iluminou com um sorriso esperançoso, e Raoul reclinou-se, lendo, de novo, o anúncio.

Às sextas-feiras, as aulas do liceu terminavam mais cedo. O estudante saiu dali direto para o teatro, a tempo de aplaudir o espetáculo de variedades da companhia do senhor Florian. Thérèse saiu-se bem interpretando uma camponesa, e Jean foi aplaudido de pé ao cantar "A Dança Macabra", de Saint-Saëns. Um sucesso.

Raoul, animado, pagou para eles o refresco prometido, em um café ali perto. Conversaram sobre os bastidores da peça, sempre cheios de pequenas histórias divertidas. Além do mais, às vezes, ele aprendia algo interessante, como sobre a maquiagem que usara no outro dia para criticar o professor.

O rapaz iniciou sua amizade com os dois artistas depois de ajudar Thérèse em um momento difícil. A menina tinha sido encurralada por uma dupla de alunos maiores do liceu em uma entrada de carruagem. Eram dias complicados para uma jovem atriz: o fato dela atuar nos palcos fazia alguns rapazes pensarem que era uma garota fácil, a qual se entregaria a beijos e abraços com qualquer um. Raoul, que passava por ali a caminho do mercado, viu a cena e nem sequer pensou: colocou-se entre a garota e os agressores, ameaçando entregá-los para o diretor da escola no dia seguinte. Os maiores bateram em retirada, e ele acompanhou Thérèse até a pensão onde a Trupe dos Filhos de Tália estava hospedada. Assim, ganhou uma cadeira cativa para todas as apresentações do grupo e se tornou amigo do elenco. Sentiu-se um autêntico herói, gentil e bondoso. E toda vez que a menina olhava para ele, seu coração batia com mais força. Já os dois colegas mudavam de rumo sempre que o encontravam na escola.

Entre um refresco e outro, passou-se meia hora. Raoul se despediu.

— Mas já? — lamentou a garota.

— Quero dar uma espiada no Jardim dos Exploradores — explicou. — O pai de Claude ofereceu uma recompensa para quem descobrir a identidade do pobre homem que pregou um susto numa tal de Philipa, ontem à noite.

— O prêmio é bom? — quis saber Jean, terminando seu refresco.

Raoul entregou a ele o anúncio recortado. Jean o leu e levantou para os amigos uma expressão radiante.

— Nossa! Com esse valor eu compraria a liberdade de meus pais! — disse, a voz embargada.

Raoul estranhou:

— "Compraria a liberdade"? Como assim?

Jean apertou os lábios um momento. Em seguida, contou com suavidade:

— No Brasil, Raoul, ainda há escravidão. Minha mãe serve de mucama e meu pai dorme em uma senzala. São propriedade de um produtor de açúcar.

Apontou para o refresco que tinha acabado de sorver.

— Este açúcar.

O estudante, imóvel, não conseguiu reagir.

— Eu nasci escravo — continuou o brasileiro. — Fui parte de um valor que meu antigo proprietário perdeu para o senhor Florian em uma mesa de jogo. Como crianças da minha idade poderiam ser tornadas livres a partir dos oito anos, dando direito a uma indenização para seu dono, o senhor Florian me libertou pouco antes de embarcarmos para a França.

Sorriu, entristecido.

— Economizo cada moeda que recebo. Quando tiver tudo o que preciso, comprarei a liberdade de meus pais.

— É verdade — confirmou Thérèse. — Dividimos o quarto para que ele não pague o aluguel sozinho.

Raoul se inclinou para os amigos e pousou a mão sobre a do brasileiro, encarando-o no fundo dos olhos.

— Jean, no que depender de mim, seus pais serão pessoas livres ainda este mês.

O cantor riu.

— Que promessa séria, Raoul!

— Pode considerá-la cumprida.

— Você é só um estudante! — exclamou a menina. — Um garoto! Não devia fazer uma declaração dessas e alimentar a esperança de um amigo com palavras vazias. Você não tem como cumprir!

Raoul fitou a amiga com firmeza.

— Eu posso. E o farei.

Jean levantou as mãos e as sacudiu ao lado do rosto.

— Vamos, vamos, chega de tanta seriedade! Daqui a pouco temos de nos preparar para a sessão noturna. Concentração, Thérèse, senão vai perder de novo a contagem de entrada da sua atuação.

— Eu não perdi a contagem! — protestou ela, voltando sua atenção para o colega de palco.

Jean levantou-se e imitou-a junto às coxias, divagando sobre a música que cantarolava. Em seguida, fez cara de espanto e ensaiou três passos atrasados. A mocinha e Raoul caíram na risada.

Depois, o estudante pagou a despesa e acompanhou os dois de volta ao teatro.

Já anoitecia quando chegou ao Jardim dos Exploradores, que, na verdade, ficava muito próximo de onde haviam tomado o refresco. O espaço, um ponto mais ao sul do Jardim de Luxemburgo, era rodeado por uma cerca não muito alta. Havia mais pessoas passeando ali do que o habitual, algumas delas com o anúncio do conde nas mãos. Ninguém estava respeitando o horário de fechamento do local. Alguns circulavam, fazendo anotações; um sujeito media um caminho com uma moderna fita métrica. A maioria zanzava em torno do banheiro público onde Philipa dissera ter visto o homem que a aterrorizara.

Raoul dirigiu-se ao banco de ferro forjado próximo da estrutura malcheirosa e sentou-se, observando o entorno. Deixou seus olhos deslizarem pelo caminho de areias claras, escoando até junto de seus pés, num palpite vago. Pensativo, remexeu a terra em torno do pé do banco. Meio oculta pela areia, havia uma placa de ferro quadrada, com um buraco da espessura de um polegar. Olhou sobre o ombro: na parte de trás, uma dobradiça de ferro se ocultava entre os grãos de areia. Em seguida observou o outro pé do banco, à sua direita e, de repente, um sorriso luminoso aflorou em seus lábios.

— Ora, tão à vista! — celebrou consigo mesmo.

Então foi brutalmente jogado de onde estava, por um golpe no ombro. Revirou-se no chão e encarou seu agressor. Era Etiènne.

— Mil perdões, senhor *provincial*, achei que tivesse visto chegar o meu tabefe — caçoou o filho do barão, enquanto Raoul se levantava. O inseparável amigo o acompanhava, rindo da piada do chefe, e ao lado dele estavam os dois fanfarrões que haviam encurralado Thérèse na outra tarde.

— Que bom encontrá-lo por aqui — comentou Raoul, endireitando-se e fechando os punhos. — E que bom que trouxe a sua escolta, para que possam se apoiar mutuamente quando voltarem para casa.

Etiènne olhou por cima do ombro para os companheiros, talvez pensando que quatro contra um era, *mesmo*, um tanto injusto. Deixou seu orgulho assumir o comando:

— Não preciso de ajuda para bater em você.

Mal terminou a frase e já tinha Raoul sobre si. Trocaram golpes, errando quase todos. Um acertou o nariz, o outro já estava com o lábio sangrando. Punhos voltaram a voar de parte a parte. Uma orelha ficou vermelha; um olho, com certeza, estaria roxo no dia seguinte. Levantaram-se, engalfinharam-se, tentaram passar tranques, empurrões. Um agarrou o outro pela gola do casaco, um novo tranco, e lá estavam os dois, rolando no chão como cães furiosos, instigados pelos gritos dos amigos de Etiènne: "Dá-lhe!", "Quebre os dentes dele!", "Mostre quem você é" e mais berros, gemidos, rosnados. Quando deu por si, Raoul se encontrava embaixo de Etiènne, e os punhos do oponente despencavam como pedras em seu rosto. Ele mal conseguia desviar de um golpe ou apará-lo. Sem saída, fechou a mão e, com toda sua força, atingiu cegamente a lateral do rosto de Etiènne, enquanto lhe acertava em cheio a boca. O filho do barão gemeu e caiu para o lado. Raoul saltou para cima dele, cego de raiva.

Antes que o alcançasse, porém, uma mão forte o puxou para trás. Etiènne rolou até o fino regato que emergia do banheiro público, e Raoul conseguiu levantar-se, disposto a avançar outra vez contra o colega. A mão que o puxara antes manteve-se firme em seu cangote.

— Já chega, os dois. Daqui a pouco aparece um gendarme — rosnou a voz rouca de Auguste.

Raoul ficou onde estava, as mãos abrindo e fechando em punhos. Sentia o gosto do sangue espalhar-se em sua boca. Etiènne se ergueu, fulo da vida.

— Olhe o que você fez com o meu casaco! — vociferou, o rosto sujo, um filete de sangue escorrendo de um corte na sobrancelha.

Os dois meninos maiores ameaçaram avançar, mas algo na expressão do jardineiro os manteve onde estavam.

— Isso aí não é nada que a água não limpe — disse o homem. — Eu já falei: chega. Pegue seus capangas e vá para casa.

Os olhos negros de Raoul se encheram de rancor e vergonha. Ao redor, vários dos investigadores anônimos do parque olhavam os garotos com uma expressão de diversão e deboche. Uma cuidadora de cães cochichou algo a uma florista, e ambas gargalharam. Alguns garotos de rua comentavam a briga e davam risada dos golpes falhos dos dois brigões. "O Almofadinha" e "O Burguesinho", eles diziam, improvisando quadrinhas maliciosas.

As luzes da cidade começaram a se acender. Raoul se sentiu um idiota completo.

Etiènne encarou o colega, ignorando até onde pôde a autoridade de Auguste, e ajeitou o casaco, falando:

— Nos vemos, *provincial*.

— Quando quiser, Etiènne — rosnou Raoul.

O outro deu meia-volta e afastou-se. Raoul sorriu um pouco ao vê-lo levar a mão ao ombro que massageou com cuidado, enquanto os colegas o seguiam.

— O doutor não vai gostar. Você não pode andar por aí, metido nessas brigas de rua. Além disso, eles eram quatro. Quando derrubasse o pequeno, os outros iam partir para cima. Se eu não tivesse aparecido, você estaria com problemas de verdade — disse Auguste.

Raoul não respondeu. Caminharam para casa, a dois quarteirões apenas. O pior de tudo era saber que o jardineiro tinha razão. Comportara-se como um estúpido.

Andaram em silêncio. A cabeça do garoto parecia um sino ressoando, a boca doía bastante. O olho direito latejava. O uniforme estava imundo e havia um rasgão na lapela.

— Victoire vai me matar — comentou quando chegaram ao portão.

O homem sorriu um pouco.

— A velhota vai ficar mesmo uma fera.

— Não fale assim dela! — revidou Raoul, pálido, desgrenhado e fulo da vida.

Auguste ignorou-o, abriu o portão e rumou a um casebre onde guardava suas ferramentas de trabalho.

O menino encontrou Victoire à porta da cozinha. Ao ver seu protegido, a mulher levou as mãos ao rosto, assustada.

— Mas... o que aconteceu, meu pequeno? — perguntou, penalizada.

— O que lhe parece? — respondeu aborrecido, entrando na cozinha. — Encontrei Etiènne Toillivet no parque.

5 - A PISTA INTERROMPIDA

Deitado em sua cama, com as mãos debaixo da nuca, Raoul olhava para o teto de zinco baixo e escuro do quarto e recordava o que tinha sido a sua noite.

Victoire o ajudou a tirar o casaco sujo. Preparou uma omelete quentinha, que ele devorou com prazer, enquanto ela fiava um quarto de hora de bons conselhos. Trouxe-lhe um pedaço de bolo, enquanto o lembrava de como ela e seu falecido marido tinham acolhido ele e sua mãe, depois do casamento dela terminar. Colocou diante dele uma xícara de café recém-passado e o lembrou de seu pai, que desaparecera na América, onde talvez estivesse preso por conta de suas trapaças. Comentou como o pai adotivo tinha tentado ensiná-lo a ser bom. De como ele tinha uma queda por aquilo que ela chamava de "essas coisas", embora, até ali, todas as "coisas" listadas fossem de outra categoria que não uma troca de sopapos.

— Eu não esperava que, agora, você fosse brigar na rua! — lamentou, acariciando-lhe os cabelos sujos. — Precisa tomar um rumo na vida, meu pequeno.

Raoul a ouvia distraído. Amava Victoire, mas já conhecia a ladainha de cor e, além disso, tinha planos para aquela noite. Esperava divulgar sua descoberta sem demora, antes que mais alguém visse o que era, simplesmente, óbvio demais.

Estava com a cabeça longe quando Oudinot apareceu na porta da cozinha.

— Victoire, pode levar o meu jantar no consultório? Eu não vou... — Calou-se, surpreso, e observou Raoul com interesse. — Meu caro amigo! O que aconteceu dessa vez?

Raoul titubeou.

— Tive... tive um mau encontro... Auguste me resgatou antes que desse cabo de um desafeto da escola. Nada para preocupar-se, de fato...

— Como não? O lábio partido, o olho roxo! Você está em um estado lamentável! Insisto que passe no consultório após lavar-se. Sem desculpas — acrescentou, levantando a mão.

Algum tempo depois dessa cena na cozinha, de banho tomado, cabelos penteados e roupa trocada, o menino se apresentou ao médico.

Era uma sala ampla que o enchia de interesse. Havia uma mesa onde Oudinot sentava-se para ouvir os clientes e tomar notas. Ela geralmente estava cheia de papéis soltos e livros de referência. Notou o retrato de uma bela jovem de olhos escuros e inteligentes, lábios sedutores e nariz fino, meio oculto atrás de uma pilha de livros, como se ela espiasse o doutor às escondidas, o rosto belo e doce ao alcance do olhar do homem.

À esquerda, o ambiente era mais sombrio, com uma estante de livros desordenada e dois esqueletos, lado a lado: o de um homem e o de um gorila. Os dois estavam cheios de anotações a lápis e nanquim, feitas pelo médico. Uma enorme cortina de veludo marrom servia para fechar esse reservado, sobretudo quando algum novo paciente ia consultar-se.

Do outro lado, três biombos de tecido branco separavam os ambientes. Lá ele realizava pequenas intervenções cirúrgicas. Um estranho cheiro adocicado sempre empestava o ar, misturado ao cheiro de álcool, éter e cânfora, o que talvez explicasse seu sucesso em uma área que, na época, não era muito conhecida pela higiene.

Em todo o caso, o mais longe que Oudinot já chegara foi a alguma extração dentária de emergência e à remoção de um dedo gangrenado, certa vez.

Num longo balcão de mármore, retortas, fogareiros e pias disputavam espaço. Um grande armário fechado guardava dezenas de frascos. Ficava exatamente em frente a uma enorme janela, gêmea àquela situada atrás da mesa do médico, e a outra, ainda, ficava na área reservada. As três grandes aberturas eram responsáveis pela iluminação diurna do consultório.

No armário, nenhum rótulo exibia um letreiro identificando seu conteúdo. No lugar disso havia conjuntos de símbolos alquímicos. Raoul conhecia todos eles.

— Então se meteu em uma briga? — indagou o médico, interessado, depois de acomodar o garoto sobre a maca no centro do reservado dos biombos, observando o rosto ferido com um aparelho que lhe permitia aumentar a luz dos lampiões.

A contragosto, Raoul concordou.

— Você precisa se defender melhor. — comentou o médico, deixando-o para buscar um frasco. — Da próxima vez que for bater em alguém, derrube o oponente. Vença no primeiro golpe. O inimigo é para ser derrotado.

— Fique seguro de que me lembrarei da sua sugestão — disse o rapaz.

O médico aproximou-se com um frasco que, Raoul sabia, ele raramente usava. Era uma fórmula própria de Oudinot, que ainda estava sendo desenvolvida.

— Vamos experimentar meu tônico? É uma nova versão — propôs o médico, pegando um longo cotonete de cabo de madeira.

— Terei de tomar isso? — estranhou Raoul.

O homem olhou pensativamente para o frasco, como se recordasse algo desagradável. Depois, negou.

— Não, meu caro, não está pronto para ser ingerido. As últimas tentativas provocaram reações um pouco negativas. Mas eu estou no caminho certo.

Raoul conhecia o principal objetivo do médico, não era segredo para ninguém. Como muitos dos seus antecessores, até dos alquimistas da Idade Média, ele esperava descobrir a panaceia universal, o elixir que curaria todas as doenças.

— Uma gota deve bastar — o homem murmurou, aplicando o conteúdo no lábio ferido de Raoul.

Um fio ardido cortou o ferimento, e o garoto estreitou os olhos, sentindo-os cheios de lágrimas, enquanto o médico observava o resultado.

— Acha que descobriu como o sujeito que assustou Philipa desapareceu? — ele perguntou, como se quisesse desviar a atenção do menino do ferimento.

Raoul balançou a cabeça positivamente. Um formigamento espalhou-se pelo lábio e a ardência desapareceu.

— Sei de tudo — afirmou Raoul.

— Sabe? — indagou Oudinot, divertido, pincelando a poção em um pedaço de pano umedecido. Com cuidado, aplicou o emplastro no olho inchado do menino, pedindo que o segurasse enquanto ouvia sua explicação com um ar cada vez mais surpreso.

— Há um banco junto ao banheiro de ferro do Jardim dos Exploradores. Ele é parte de uma tampa que há no chão. É possível empurrá-lo sobre os pés de trás, presos ao solo por dobradiças. Certamente, a passagem dá para algum dos túneis do sistema da Inspetoria Geral dos Subterrâneos. É lá embaixo que a polícia deve procurar alguma pista do homem.

— Tem certeza do que está dizendo? — admirou-se o médico.

— Falta só eu puxar o banco para ter certeza. A tampa e as dobradiças eu vi hoje à tarde, antes da briga.

— Mas o que lhe garante que há um túnel abaixo dela?

Raoul deu de ombros.

— É absolutamente necessário. É a única resposta possível. Ninguém desaparece no ar, nem mergulha na terra como se ela fosse água. Ali há, no mínimo, um poço.

Oudinot o encarou com suavidade, depois sorriu. Em seguida, tirou a atadura e analisou o resultado da aplicação de seu remédio com um ar satisfeito.

— Viu? Eu sei que estou no caminho certo! — disse. Passou um espelho para Raoul.

Seu rosto estava quase curado. Havia apenas manchas levemente avermelhadas.

Aquela era uma lembrança inquietante para o garoto, deitado em sua cama. O olho ainda latejava bastante e o lábio coçava de vez em quando. Ele virou-se para o lado. Recordou o médico ajudando-o a sair de casa e dando-lhe dinheiro para que alugasse um carro com cocheiro, a fim de ir até a residência do conde revelar suas descobertas.

E era ali que começava, para ele, a parte irritante, verdadeiramente irritante, do dia.

Raoul levou alguns minutos para encontrar uma *tilbury* e para convencer o cocheiro a levá-lo até a mansão dos Lesquin. Quando lá chegou, havia luzes por todas as partes e muita animação, embora não fosse, exatamente, uma festa. Demorou mais de meia hora para que o conde o recebesse, mas em nenhum momento pôde ver Claude. Por conta do episódio dos *macarons*, a cozinheira não o deixou passar do corredor da entrada de serviço, vigiando-o armada com uma colher de pau.

Porém, como a sua presença estava ligada ao anúncio, depois de algum tempo, Raoul foi chamado ao gabinete do dono da casa, uma sala cheia de tapeçarias raras e obras de arte, com uma bela lareira de mármore. O homem o recebeu bem-humorado, os olhos brilhando com algo que fazia a curiosidade de Raoul saltar dentro dele como um gafanhoto animado. Mas o rapaz não ousou perguntar o que havia acontecido, é claro, porque não era da sua conta.

Resumindo sua descoberta, o garoto explicou ao homem o que tinha deduzido. O conde o ouviu com atenção e fez algumas perguntas, todas elas semelhantes às que o médico havia lhe feito. Por fim, ordenou aos empregados que preparassem sua carruagem, avisou à família que daria uma breve saída e dirigiu-se com Raoul até o Jardim dos Grandes Exploradores, a bordo do próprio cabriolé, para comprovar a teoria do garoto. Dois lacaios os acompanhavam, montados em seus cavalos.

O local estava vazio quando chegaram. O conde mandou chamar um gendarme para abrir o portão. Na noite fechada, Raoul compreendeu a aflição de Philipa: apesar das luminárias públicas, a sombra das árvores frondosas se impunha e o lugar era inquietante. Vez por outra via-se passar alguém à distância. Nas margens da esplanada, poucos cafés funcionavam, e não havia muita luz.

Junto ao banheiro público, todos se deram conta de que o Jardim era ainda mais escuro: a luminária que deveria clarear a área não estava funcionando. Tudo eram vultos à contraluz, e apenas do outro lado do gramado central do parque havia um poste ativo. Raoul imaginou que aquela tinha sido a lâmpada que revelara à vendedora os ossos em suas mãos.

Os adultos aproximaram-se do banco e tentaram movê-lo. Nada aconteceu. Raoul somou seus esforços aos deles, convencido de sua teoria, mas não adiantou. Aflito, sentindo escorrer entre os dedos a possibilidade de cumprir sua promessa a Jean e de ganhar um passe para a casa de Claude, correu ao restaurante mais próximo e convenceu o dono a lhe emprestar um lampião. O homem e mais alguns clientes, ao saber do que se tratava, o acompanharam, curiosos.

Ao voltar ao banco e iluminar os pés de ferro, não percebeu nada de diferente. Ajoelhou-se no meio do grupo de adultos e afastou a areia que disfarçava a tampa que descobrira de dia.

A superfície estava coberta de uma capa escura de cimento sem gesso, de secagem instantânea.

Os adultos o encararam com seriedade. Raoul correu os dedos pelos cabelos revoltos.

— Juro, senhor conde, juro que havia uma tampa de metal, aqui mesmo, hoje à tardinha! — explicou, incapaz de compreender o que acontecera.

O homem manteve um silêncio pesado por algum tempo, encarando o menino à sua frente. Por fim, declarou, dando-lhe as costas:

— A sua sorte, senhor D'Andrèzy, é que hoje é um dia especial para mim. Ninguém poderá estragar a alegria que sinto, muito menos o senhor, com as suas tolices.

Um dos empregados, a um gesto do patrão, correu para chamar o carro em que tinham ido até ali. Em poucos minutos, o cortejo do conde se foi.

De pé nas sombras do banheiro, aspirando o cheiro azedo da urina do dia inteiro, Raoul olhava o banco de ferro como se ele pudesse lhe dizer algo, até o gendarme arrastá-lo pelo braço ao exterior do parque. Depois, em silêncio, voltou para casa, subiu ao seu quarto, trocou de roupa e deitou-se com as mãos debaixo da nuca, olhando para o teto, o escuro e baixo teto de zinco.

Só tinha certeza de uma coisa: fosse quem fosse o Quasímodo do Jardim dos Exploradores, estava um passo à sua frente.

E, agora, aquilo havia virado uma questão pessoal.

6 - O MAPA DA INTENDÊNCIA

A manhã seguinte encontrou Raoul já desperto e vestido. Aos sábados, o liceu focava na formação artística dos alunos, com aulas de pintura e música, e o clube de astronomia se reunia para trocar informações e combinar novas observações.

Em outras palavras, era bem fácil não aparecer por lá e não ser notado por isso, então Raoul se vestiu com o uniforme, para que os adultos da casa acreditassem que ia ter um dia como outro qualquer, colocou um traje de passeio em uma bolsa e, enquanto devorava o café da manhã, avisou Victoire de que almoçaria na casa de um colega. Ainda se via uma mancha leve em torno do olho ferido na briga do dia anterior, e ele a disfarçara com um pouco do pó de maquiagem que Thérèse havia lhe dado. A governanta beijou o alto da sua cabeça e, com um suspiro preocupado, o viu desaparecer quase em seguida.

Uma vez na rua, Raoul tomou o rumo da escola, como todos os dias, mas logo adiante entrou na igreja de Saint-Jacques, cuja missa já tinha terminado, e observou qual dos confessionários estava vazio. Para a sua sorte, era o mais próximo da porta. Enfiou-se dentro do pequeno espaço de madeira e trocou de roupa: entrou um estudante, saiu um rapaz em vestes de passeio. Uma beata surpreendeu-se ao vê-lo, mas ele sorriu, abençoou-a como se fosse o confessor e sumiu rumo à porta, antes que ela tivesse tempo de chamar o padre.

Lá fora, colocou um boné sobre os cabelos rebeldes, puxou-o para o lado do olho maquiado e respirou fundo, satisfeito: estava livre.

Era a sua sensação predileta de todas, ser dono de seu tempo e destino. Nada do que Paris pudesse lhe oferecer o deixava tão leve quanto a liberdade de ir aonde quisesse, fazer o que desse na telha, sem ter de dar explicações sobre nada. Assoviando alegremente, saltou os dois degraus até a calçada e sumiu entre os passantes.

Com uma vendedora de jornais, informou-se sobre o que precisava e tomou um ônibus puxado por dois cavalos cansados. Pagou trinta centavos e pôde sentar-se dentro do coletivo, confortável como um senhor, mas o trajeto foi curto e quase não valeu a pena. Desceu na praça onde ficava a Inspetoria Geral dos Subterrâneos.

O prédio que abrigava o departamento era uma construção de granito, sobrevivente da muralha que circundava Paris no século XVIII. Havia outra construção, gêmea, diante da primeira, e ambas formavam uma das antigas entradas para a cidade, conhecida por Barreira do Inferno. A redondeza não era das melhores, com casebres e estabelecimentos escuros e suspeitos erguendo-se junto ao que ainda existia da muralha, e por isso Raoul não ficou vagando e aproveitando a bela manhã, como faria em algum outro lugar.

Entrou na Inspetoria. Notou um grande balcão de madeira escura e, atrás dele, mesas cheias de papéis. Por ser sábado pela manhã, apenas uma delas estava ocupada por um homem grisalho. Ele usava uma camisa branca meio encardida, com mangas presas por elásticos na altura do antebraço, e um colete que já vira tempos melhores. Estava sentado de costas para a porta. Sobre a mesa, havia um porta-retratos com o rosto de uma menina pequena e, ao lado dele, um abajur de mesa, aceso, apesar da claridade do lugar. À esquerda, uma prateleira pesada e feia, cheia de livros de contabilidade.

Enxergou muitas coisas penduradas na parede atrás das mesas e do balcão, incluindo o retrato de Octave Keller, inspetor-geral, sobre uma placa que informava, orgulhosa, seu nome e cargo. Ao lado, um mapa emoldurado, com o título "Paris — Inspetoria Geral", exibindo um diagrama da cidade sobreposto a vários desenhos pontilhados. A moldura estava quebrada em um canto.

Raoul observou tudo isso rapidamente e com atenção. Depois, adiantou-se, tocou a campainha reluzente que estava sobre o balcão e ergueu-se o mais alto que pôde na ponta dos pés, usando o móvel como apoio. Parecia um garoto de treze anos, um pouco alto para a sua idade, com um belo boné de moda que lhe ocultava os cabelos e uma parte do rosto.

O homem voltou a cabeça e estreitou os olhos, ajustando os óculos sobre o nariz fino. Obviamente, o funcionário enxergava mal.

— Em que posso ajudar?

— Bom dia. Por favor, eu gostaria de uma informação — disse o garoto. — Minha irmã perdeu seu gato. Tememos que ele possa ter se metido em algum duto.

O homem sentou-se para trás e analisou seu interlocutor com atenção.

— Certamente, ela poderá arranjar um novo gato, se o atual não voltar.

— Certamente, senhor, mas por enquanto ela só chora. Tem cinco anos e passou dois dias chamando por Mimoso. A situação não é muito agradável, não senhor.

O homem coçou a careca incipiente e estendeu a mão para empurrar o retrato da menininha em sua mesa e deixá-lo em um ângulo mais visível. "No alvo", pensou o mentiroso.

— Muito bem, vejamos: onde você mora? — indagou o adulto.

— Na esquina da Assas com a avenida do Observatório.

— Não é meio longe? Veio até aqui sozinho?

Raoul olhou por cima dos ombros, como se esperasse alguém entrar pela porta.

— O cocheiro de meu pai está lá fora. Foi comprar carvão. Resolvi vir perguntar, porque papai não tem feito muito por Mimoso.

63

Ele não gosta do gato.

— Hum... — O homem juntou os lábios em um bico. Reclinou-se na cadeira. — Aquela é uma zona com muitas árvores. Talvez Mimoso tenha se perdido atrás de algum pássaro.

O jovem fez cara de inocente e balançou a cabeça.

— Já percorremos a praça várias vezes, senhor. Ana chama por ele, chama, sua vozinha chega a doer de infelicidade. Mas Mimoso não dá resposta. Será que ele caiu em algum buraco do banheiro público?

O homem soltou uma gargalhada bem-humorada e levantou-se, caminhando até o mapa. Observou-o, sempre mexendo nos óculos para melhorar o foco.

— Não sei, meu jovem, tenho más notícias para você — comentou. — Talvez o seu gato tenha, de fato, entrado em alguma das passagens dos canais subterrâneos da região.

— Como o senhor sabe? — Raoul arregalou os olhos, numa falsa surpresa ingênua.

— Ora, estou vendo aqui no mapa da Inspetoria.

— Mas esse mapa é confiável? Tem certeza? O senhor é o inspetor-geral? Podemos publicar um agradecimento no jornal, se o senhor nos ajudar.

O sujeito franziu a testa, e Raoul achou que tinha exagerado na inocência infantil. O funcionário respondeu:

— Meu jovem, esse mapa é uma cópia daqueles que nossos homens usam para se deslocar pelos túneis debaixo de Paris. Ele precisa ser confiável: a vida deles pode depender disso. Os subterrâneos são traiçoeiros e perigosos. E não, não sou o inspetor-geral, em absoluto. Meu nome é Nossin, sou apenas um dos encarregados do pessoal.

Raoul baixou a cabeça.

— Puxa, senhor Nossin, desculpe a confusão. Eu agradeço a sua ajuda.

Suspirou baixinho:

— Pobre Ana. Pobre Mimoso.

À lembrança da menina, o homem amoleceu e sorriu.

— Pois sim, meu caro, eu sinto muito.

Agora que sabia do que precisava, o menino retirou-se.

Passaram-se dois quartos de hora, talvez três. A porta voltou a se abrir e fechar. O funcionário bufou, aborrecido, perguntando:

— Sim?

Do outro lado do balcão havia um garoto de cabelo revolto e face suja, da qual só se via um olho escurecido. Devia ter levado um golpe no dia anterior. Parecia mais baixo do que o móvel. Ele empurrou sobre a madeira um bilhete com a ponta do indicador imundo.

— O que você quer? Não pode ir entrando assim. Aqui não tem nada para comer — disse o homem secamente, aproximando-se.

O menino se encolheu sob o casaco grande demais para ele.

— Afinal? Você não tem língua? É mudo?

A criança negou com um gesto, acabrunhado, a cabeça baixa, as mãos muito apertadas diante da barriga. O retrato clássico de um tímido.

— Muito bem, já vi tudo. Que bilhete é esse?

No papel, em uma elegante caligrafia, havia um recado que o encarregado leu com alguma dificuldade por conta dos óculos:

"Senhor Nossin,

Faltou-me realizar uma solicitação do senhor inspetor-geral, ontem à tarde. Assim, peço-lhe que entregue ao menino o mapa 'Paris — Inspetoria Geral', que se encontra na parede da recepção, para urgente troca de moldura.

Atenciosamente, Louis Grandet, assessor de Octave Keller, inspetor-geral."

— Ora, a moldura precisa de um remendo, de fato — murmurou o homem, batendo com o bilhete no dedo indicador, pensativo. — Mas esse hábito de alguns figurões de usar meninos de rua para realizar tarefas de responsabilidade... isso um dia vai nos trazer problemas.

O garoto olhava fixo para baixo, e o homem, finalmente, suspirou:

— Bem, um trocado sempre é bom. Todo mundo quer comer algo no fim do dia, não é?

Os cabelos revoltos se sacudiram em um "sim", mas o sujeito não estava prestando atenção. Olhava para o fundo da sala, reflexivo.

— Enfim, se é isso... — disse para si mesmo.

Foi até o mapa e o tirou da parede com alguma dificuldade. Depois passou-o ao garoto por cima do balcão. O menino o recebeu com um murmúrio. Parecia pequeno demais para o tamanho do quadro.

— Vai dar conta?

O menino confirmou com a cabeça, enquanto se retirava. O homem ficou olhando para a porta e matutando. Já nem pensava na criança.

— Louis Grandet... Louis Grandet... Qual dos assessores do senhor Keller será Louis Grandet? Não me lembro dele.

Fora do edifício, Raoul, disfarçado de garoto de rua, caminhou alguns metros antes de endireitar a postura.

— Arre, por um momento, achei que não ia dar certo — resmungou.

Lutou um pouco com o quadro grande, enquanto se afastava depressa. Dobrou na primeira rua que encontrou e livrou-se da moldura incômoda o mais rápido possível. Junto dela, deixou o casaco que comprara de um pedinte por cinco soldos — a peça lhe cobria o corpo até a metade da coxa, ocultando o traje que exibira em sua primeira visita à Inspetoria. Arrumou o cabelo, colocando de volta o boné, dobrou o mapa e partiu como um corisco, pegando outro ônibus até o Jardim das Plantas. Desta vez, pagou quinze centavos e sentou-se na parte de cima do transporte, onde não havia teto nem proteção, mas que lhe proporcionava uma vista estupenda do caminho. Animado, limpou o rosto e as mãos cheias de pó de carvão e bateu de leve sobre o mapa dobrado em seu bolso.

Do nada, rompeu em uma gargalhada satisfeita.

Passou o resto do dia flanando a bel-prazer. Almoçou pão, queijo e um embutido, acompanhado de uma sidra que comprou em uma taverna perto do Jardim. Engraxou os sapatos com uma senhora de cabelos quase brancos e conversou longamente com ela. Ele queria saber sobre as possíveis entradas para os subterrâneos da cidade, mas terminou ouvindo sobre gangues de ladrões, procissões fúnebres noturnas, ossos amontoados e Philibert Aspairt, o porteiro de um hospital, que se perdeu nos subterrâneos em 1793.

O tal Philibert descera em busca de um lote de Chartreuse, o famoso licor produzido por monges cartuxos, escondido em uma adega secreta, no interior do subterrâneo. "Justifica a mania de Lucien Branches", pensou Raoul, divertido, enquanto a mulher contava como Philibert virou à direita, quando deveria ter virado à esquerda, e como vagou pelos corredores até sua lamparina ficar sem combustível e se apagar. Descreveu a loucura do homem perambulando na escuridão completa, seus gritos horríveis por socorro se multiplicando em ecos macabros, até se transformarem apenas em lamentos roucos e, depois, em sussurros de arrepiar. Baixou a voz para contar como o seu esqueleto foi encontrado onze anos depois, a apenas cinquenta metros de uma saída. Enterraram-no ali mesmo, no subterrâneo, e seu túmulo era marcado por uma lápide. Ninguém encontrou a adega e suas preciosas garrafas de licor. Além de confusos, aqueles corredores eram instáveis. Talvez tivessem desabado e a adega não existisse mais.

Raoul sabia da existência das catacumbas parisienses, mas não conhecia sequer metade do assunto. Ficou fascinado ao ouvi-la. Mais tarde, acomodado no gramado, à sombra de uma árvore, com as histórias da mulher dando-lhe voltas à cabeça, estudou o mapa que havia surrupiado da Inspetoria. Aos poucos, foi tomado de uma sensação de euforia. Quando as sombras do Gazebo Buffon se estenderam sobre a colina onde se erguia, ele sentou-se, pensativo, admirando a estrutura de ferro contra o céu da tardinha. Na construção estava escrito *"Horas non numero nisi serenas"*[2]. "De fato", comentou para si com uma expressão satisfeita, "as horas felizes são as únicas que valem a pena contar".

Os subterrâneos, seus personagens múltiplos, suas reentrâncias, o relato da engraxate, tudo girava em sua mente inventiva. Ele se sentia dono de um segredo — embora não soubesse exatamente qual. Tinha certeza de que conhecia todas as entradas que o mapa da Inspetoria demarcava e que não tardaria a revelar quem era o Quasímodo do Jardim dos Grandes Exploradores, bem como os caminhos por onde trafegava. Bastaria visitar o subsolo para dar com o bizarro personagem e ter tudo o que necessitava para receber a recompensa do conde. Estava determinado a resolver o enigma.

Decidido, levantou-se, guardou o papel, limpou a roupa e se foi, assoviando alguma canção da moda, disposto a chegar à casa de Oudinot a tempo da ceia.

Perto da propriedade do doutor, refreou um pouco o passo. Um instinto retiniu em seu interior. A luz do gabinete do médico estava acesa, o que não era costume aos sábados à noite. Algo acontecera.

Abriu o portão e caminhou devagar até a porta da cozinha, na lateral do edifício. Entrou em silêncio, todo ouvidos e de olhos atentos. Victoire, junto ao fogão, preparava o jantar. Seus ombros pareciam ainda mais encurvados do que o habitual. O enteado se aproximou silencioso por trás dela e a abraçou de repente. A mulher gritou e deu meia-volta, passando do susto ao alívio.

---

2 "Conto apenas as horas felizes", em latim.

— Aleluia! Você demorou tanto! Estava preocupada — ela disse, enquanto ele a sapecava com beijocas e cócegas, até fazê-la rir.

— Então, minha velha, o que há de novo? — ele questionou sorridente, atirando-se em uma cadeira. — Por Deus, estou faminto.

Ela colocou diante dele um prato de biscoitos doces preparados para o chá daquela tarde.

— O que fez o dia todo? Por onde andou? — ela quis saber, entre carinhosa e desconfiada.

— Ah, por aí. Um pouco cá, um pouco lá. Tirei o uniforme, para não sujar. Na semana que vem eu...

— Então o senhor voltou.

Raoul empertigou-se ao ouvir a voz do médico atrás de si. Virou-se e sentiu congelar o sorriso que ensaiava.

Era o Oudinot e não era Oudinot. Alguma coisa terrível o atormentava, alimentando uma chama que Raoul nunca tinha visto em seu olhar: desejo insatisfeito e raiva pura.

— Como está o seu "amiguinho" Claude? Feliz? — disparou o homem com profunda ironia.

Raoul respirou fundo. Tentou relaxar antes de responder:

— Curioso, não o vi hoje.

— Decerto que não! — debochou o médico, cada vez mais enfurecido. — Duvido que você tenha chegado perto da escola hoje. Esperava que me avisasse disso, sabe? Que me mantivesse informado das novidades! Acha que facilitar sua entrada no liceu foi um favor? Me dizer o que o Lesquin e o Toillivet lhe contam é o mínimo que espero do senhor. Mas não, tive de descobrir sozinho... E, ainda, pela imprensa! Mas eu já tenho tudo pensado.

Jogou sobre a mesa o jornal do dia e desapareceu no interior da casa.

Muito pálido, sem saber do que o acusava, Raoul fitou Victoire em busca de alguma resposta.

— Ele está assim desde que leu o jornal de manhã — a mulher es-

69

clareceu, dando de ombros. — Nem sequer almoçou. Espero que não deixe de lado o jantar. Ele tem uma saúde frágil, trabalha demais.

Mudo, Raoul pegou o jornal e o revirou. Não encontrou nada que pudesse justificar a atitude do médico, porém, na coluna à direita da página das novidades sociais, encontrou algo que tinha a ver com os colegas.

O conde de Lesquin e Saint-Vincent anunciava alegremente seu noivado com a baronesa Annette de Marbre-Rose, viúva de Charles Toillivet, e tornava pública a data do casamento.

De súbito, Raoul compreendeu a alegria do conde na noite anterior: ele devia ter pedido a mão da baronesa, e ela, aceitado.

Os pais de Claude e Etiènne iam se casar.

7 - O ESPIÃO

Tudo isso foi no sábado, um dia lindo de primavera parisiense que terminou naquela noite tensa na casa do médico. Raoul não entendia o comportamento do homem. Qual era o problema se o pai de Claude e a mãe de Etiènne resolvessem juntar suas viuvezes? Já Claude, este não tinha perdão. Como pudera ocultar-lhe algo assim?

Porém, olhando mais uma vez para o teto escuro do quarto, que estalava pelo resfriamento rápido da noite após um dia de sol, pensou que o colega devia estar tão surpreso com o anúncio quanto toda Paris. Certamente, Claude não sabia de nada, senão teria lhe falado. Essa certeza não diminuía a irritação de ver o seu melhor amigo tornar-se irmão de seu maior desafeto, mas diminuía a culpa que jogava sobre o garoto. O corte do lábio ainda incomodava um pouco. O ferimento estava quase milagrosamente curado pelo elixir de Oudinot, mas, ainda assim, sentia-o.

Desistiu de dormir e levantou-se. Havia esfriado muito. Os quartos do sótão eram quentes demais quando fazia calor, mas gelavam depressa assim que o tempo mudava. Resolveu descer à cozinha e tomar alguma coisa quente. Estava inquieto e isto não era comum.

Atravessou o corredor no escuro. O assoalho estalava à frente de seus pés, então passou a andar junto à parede, onde o chão respondia menos — não queria acordar ninguém. Permaneceu nesse itinerário ao chegar à escada e rumou ao segundo andar. Ia continuar a descida quando ouviu, através da parede fina que separava a escada do restante da casa, alguém bater à porta do consultório do médico.

Raoul ficou curioso. A mulher que buscava o irmão teria voltado? Ou seria algo relacionado à raiva do médico? Com uma nova decisão, esgueirou-se até a biblioteca, cuja porta de serviço ficava logo à frente. Passou pelo aposento, escurecido pelas pesadas cortinas que cobriam a janela e seu parapeito largo, até a porta que dava para o salão central do segundo andar, caminho que conhecia de sobra. Abriu-a com cuidado para que a dobradiça velha não rangesse e espiou.

O consultório foi aberto e a luz revelou Auguste, parado com a boina na mão e uma atitude atenta de cão servil.

— Entre. Tenho algo para você, ainda hoje — disse o médico.

Auguste obedeceu e a porta se fechou.

Intrigado, Raoul recuou. Auguste? O que o jardineiro estaria fazendo ali àquela hora? E qual seria a tarefa que não poderia esperar pelo dia seguinte? Era noite fechada. Como se para confirmar o horário, o sino de uma igreja anunciou a meia-noite. Uma carruagem pequena passou diante da propriedade, o ruído dos cascos do cavalo ressoando nas ruas, as rodas amassando as pedras do caminho. Um riso ao longe? Talvez. A curiosidade consumia o rapaz. Precisava ouvir o que o médico e o jardineiro conversavam.

Ora, no dia em que Victoire foi à entrevista final de emprego, Raoul ficara nessa mesma biblioteca, esperando ser chamado para conhecer o médico. Ser aceito pelo novo empregador de Victoire era a última condição para que ela fosse contratada, então ele se esforçara para agradar. Ela precisava do emprego, e o doutor não estava encontrando ninguém que lhe inspirasse confiança para o serviço.

Naquela tarde abafada, Raoul abriu a janela para deixar entrar a brisa. Com isso, descobriu que, debruçado no parapeito, conseguia ouvir quase tudo o que era dito na sala de entrevistas do médico, justamente aquele espaço reservado atrás da cortina, à esquerda de quem entrava no consultório.

Por isso, não pensou duas vezes: avançou para a janela, meteu-se entre as cortinas fechadas e a parede e abriu a vidraça.

Lá embaixo, no jardim, a luz do consultório desenhava dois retângulos amarelos. Raoul apurou o ouvido, mas não conseguiu nada. Os homens deviam estar falando baixinho, com a janela fechada. Logo, porém, um vulto passou no retângulo de luz mais distante, e ele compreendeu que eles estavam no recinto das operações, o ponto mais afastado. Se desejava ouvir, o rapaz tinha de se aproximar.

Inclinou-se para fora e olhou para baixo: havia um relevo que dividia os andares, cortando a fachada do palacete. Devia ter uns vinte centímetros de largura. Raoul tinha certeza de que conseguiria se equilibrar sobre ele. Sem hesitar, subiu no resguardo, colocou as pernas para fora e num "upa" estava lá fora, colado na parede suja e cheia de líquens. Avançou com cuidado pelo apoio estreito, passou pela primeira vidraça, que estava fechada e escura. Antes da janela seguinte, toda iluminada, que equivalia ao consultório propriamente dito, parou um instante. "A curiosidade matou o gato", sibilou para si mesmo. Afinal de contas, não tinha nada a ver com o diálogo dos dois. Depois, contudo, lembrou-se da raiva de Oudinot naquela tarde e disse a si mesmo que os gatos têm sete vidas. Seu instinto o mandava ir adiante.

Espiou para dentro do consultório. Não havia ninguém. Percebeu o vulto de Oudinot entre as frestas dos biombos na área em que fazia os procedimentos médicos. Raoul tomou coragem e atravessou a parte de vidro iluminada, avançando para a segurança da sombra da próxima parede. De vez em quando, seus calcanhares ficavam totalmente no vazio.

Calculava os estragos de uma possível queda quando a janela ao seu lado foi subitamente aberta. Ele gelou de susto e grudou-se na parede, tremendo.

— ...deixe-o no corredor oeste à dança macabra. Ele ficará lá, até que eu o resgate — a voz de Oudinot flutuou bem perto. — Entendeu?

— Sim, senhor.

— Peça ajuda para a sua Gretel. Ela está sendo paga para isso.

— Sim, senhor.

— E, nem preciso dizer, silêncio absoluto sobre tudo. Em especial quanto a Philibert.

— Sim, senhor.

— Vá agora.

"A Philibert". Ao ouvir essas palavras, Raoul quase perdeu o equilíbrio. O doutor se referia à tumba do desaparecido? Ou Oudinot e Auguste haviam encontrado a adega que custara a vida do pobre homem, tantos anos atrás? E o que era a "dança macabra"? Do que se tratava tudo aquilo?

— Confio no senhor. Use a escada de Médicis — ordenou Oudinot.

Os passos se deslocaram em direção à entrada do consultório. Num instante, Raoul compreendeu que se não saísse imediatamente de onde estava, corria o risco de não poder voltar à biblioteca e ao seu quarto. Ele começou a se movimentar, tentando atravessar a janela do consultório antes do jardineiro chegar à porta, mas não conseguiu: estava no meio dela, totalmente visível, no momento em que os dois homens chegaram à porta. O espaço onde se equilibrava era muito estreito. Seria impossível abaixar-se. "Enquanto estiverem de costas, tenho uma chance", concluiu, arrastando-se para o lado o mais rápido que pôde, o coração batendo apressado.

Já estava quase a salvo quando escorregou e teve de se agarrar à moldura da janela. Se alguém olhasse naquela direção, estaria perdido. Conseguiu firmar o pé e deslizar o braço para a segurança. Com alívio, o garoto ouviu a porta fechar-se. Depois, passos na direção do ambulatório. Oudinot não o notara! Raoul recuperou o fôlego depressa e continuou avançando, sentindo o suor pelo esforço e pela tensão escorrer pelas costas. Atravessou a janela do espaço de entrevistas e, finalmente, chegou à biblioteca. Entrou, ofegante, e fechou a vidraça.

A porta do aposento se abriu e a luz se acendeu.

Protegido pelas cortinas pesadas, Raoul imobilizou-se, respirando tão leve quanto podia. Sentiu, mais do que ouviu, Oudinot andando até a estante ao seu lado. O homem procurava algum livro, murmurando baixinho. Estavam tão perto que, se um deles esticasse o braço, se tocariam, inevitavelmente.

Por fim, o médico encontrou o que queria e saiu. Mas não apagou a luz, o que significava que poderia voltar a qualquer momento. Raoul não tinha muitas escolhas. Apurou o ouvido, prestando atenção aos estalos do assoalho da sala de espera do consultório e, então, respirando fundo, deslizou entre as cortinas e correu para a porta de serviço da biblioteca, por onde escapou, fechando-a um instante antes do médico voltar em busca de outro volume.

No escuro, o garoto ficou colado à parede, tentando acalmar a respiração. Teve de abafar um riso nervoso ao pensar no que tinha acabado de fazer e na posição ridícula em que se pusera, no meio da janela, como um fantasma. Se um dos dois homens o tivesse visto, não haveria nenhuma história que pudesse inventar para se safar.

Aliviado e com muito cuidado para não despertar algum rangido delator, Raoul voltou para o quarto e se enfiou debaixo do cobertor, tremendo. Apenas uma vez na vida se sentira assim. Tinha sido numa noite escura como aquela e num caminho igualmente arriscado. Como então, sentia o corpo formigando de excitação. Só conseguiu dormir quando o dia já vinha nascendo.

Como foi dito, isso aconteceu no sábado.

No domingo, tanto o dono da casa quanto Raoul dormiram manhã adentro. Victoire foi à missa sozinha, e foi lá que o zunzum começou a se espalhar como um rastro de pólvora, confirmado no dia seguinte na edição matinal dos jornais. Raoul, outra vez às voltas com o mapa e com o misterioso encontro do médico na madrugada, passou o domingo enfurnado em seu quarto com alguns livros sobre Paris, tentando entender o que ouvira na noite de sábado, e atrasou-se para tomar o café da manhã na segunda-feira.

Quando desceu, o médico já estava sentado, lendo o jornal com a costumeira expressão desinteressada. Raoul cumprimentou-o, discreto, e sentou-se, entusiasmado com o que viria a seguir. Teria Auguste conseguido realizar sua tarefa? E qual tarefa seria? Aquilo o estava tirando do sério.

— Raoul, meu caro, eu lhe devo desculpas — disse o médico quando ele se serviu de café.

— Deve? — O garoto quase errou a xícara, piscando um pouco. Victoire passou por ele e deu-lhe um piparote na orelha. — Bem, se o senhor acha...

— Sim, eu despejei sobre você toda a minha frustração, no sábado. Sinto muito. Quis lhe pedir desculpas ontem, mas não o vi o dia inteiro.

— Estava colocando as lições em ordem. Havia muito a fazer — comentou.

— Espero que me perdoe. — O médico sorriu. — Às vezes tenho dias difíceis.

Victoire cruzou na direção contrária à anterior e lhe deu outro piparote na orelha, que se pôs vermelha.

— Ai! — Raoul reclamou, mas entendeu o recado. — Não há nada que desculpar, senhor. Está tudo certo.

— Conte-me o que acontece no liceu de vez em quando, certo? Gosto de saber.

— Claro. Pode deixar, eu o manterei informado de tudo. — Raoul deu um sorriso gelado.

O médico não respondeu. Dessa forma, só quando chegou à escola, disposto a levar uma conversa muito séria com Claude, Raoul ficou sabendo de um acontecimento ainda mais recente do que o noivado do conde e da baronesa.

Etiènne Toillivet havia desaparecido.

8 - A ÚLTIMA PEÇA DO QUEBRA-CABEÇAS

— Aposto que fugiu de casa. Deve estar em alguma mansarda, rindo de todo mundo.

— Não seja mau, Raoul! — protestou Claude.

O colega se calou.

Encontravam-se no vão central do liceu, o mesmo ponto onde, apenas alguns dias antes, os dois amigos tinham representado o teatro que resultara no castigo de Latim. Os demais alunos da turma e alguns de salas vizinhas estavam reunidos ali, ouvindo a história de Claude: como, em apenas algumas horas, sua família tinha passado do Céu à sombra do sequestro.

— A baronesa está sofrendo muito. Etiènne era seu único filho.

— Mas, agora, ela terá você também, não é? — perguntou Francini.

— Sim, é claro — respondeu o lourinho. — Só não é a mesma coisa. Além disso, meu pai suspendeu as bodas. Não há condições de festejar nada, como vocês podem imaginar.

— Vai ver, isso é tudo o que Etiènne deseja: impedir o casamento de seu pai com a mãe dele — sugeriu Raoul, sem dar o braço a torcer.

— Não — Claude o interrompeu secamente. — Etiènne gosta de meu pai. Ele estava muito animado no jantar de sexta, apesar de ferido por conta de uma briga que teve mais cedo. — Baixou o tom de voz: — Vamos, Raoul, você não é assim.

O colega se calou.

— Tive uma ideia! — declarou um dos garotos, de nome Hector.

— Por que não vamos todos depois da aula apresentar nossos respeitos à baronesa? Para demonstrar nosso apoio a ela.

Raoul fez uma careta, mas os demais colegas acharam a sugestão magnífica. Por coincidência, o senhor Nouvelle estava passando por ali naquele momento e ouviu-os. Gostou da iniciativa e deu-lhes o restante da tarde de folga para que pudessem visitá-la.

— Você virá conosco, não é? — indagou Claude, voltando-se para Raoul.

Ele titubeou. Tinha em mente que ganharia mais se aproveitasse o restante da aula aprofundando suas pesquisas sobre o mapa da Inspetoria, porém, o olhar triste do amigo foi irresistível.

— Claro que sim — rendeu-se.

Às quatro horas, saíram em bando.

A residência da baronesa ocupava dois andares inteiros do número três da rua Vaugirard, incluindo aquele com os belos balcões de ferro forjado. O porteiro hesitou em deixar todos aqueles meninos entrarem, mas quando Claude se identificou, liberou a passagem. Eles subiram em silêncio, não tanto pelo luxo do saguão, que não era novidade para a maioria, mas por conta da situação. Claude os levou até uma das portas do segundo andar, que foi aberta em seguida por uma criada de meia-idade, de rosto redondo, bochechas rosadas como as de uma camponesa e fiapos de cabelo ruivo que escapavam da touca do uniforme impecável. Ela espantou-se ao ver o corredor cheio de estudantes, mas ao reconhecer Claude os fez passar para uma pequena sala.

Raoul, junto aos colegas, olhava em torno com uma expressão sombria. Ele não sabia onde Etiènne morava. Desde que tinham chegado ao endereço, algo o incomodava profundamente — embora não conseguisse apontar o quê. Ele observou o salão, aproximando-se das janelas que davam para a rua, perto do Jardim de Luxemburgo. O aposento era muito rico, repleto de obras de arte, um pouco abafado e escuro por conta das cortinas meio corridas. Não havia lugar para que todos se sentassem, então ficaram de pé, em pequenos grupos, conversando baixinho.

Súbito, a porta se abriu. Por ela atravessou uma mulher alta, elegante, belíssima. Tinha os cabelos de um tom de ouro antigo presos em um coque de moda, a fronte ampla e os olhos escuros e inteligentes. O nariz era fino e estreito e, os lábios, sedutores, sobre um queixo bem desenhado. Vestia-se de azul-marinho, o decote quadrado emoldurando o pescoço alto, guardado por uma gola de renda, os braços cobertos até o punho, a cintura estreita. Tudo nela era belo e triste em doses iguais. Os meninos suspiraram um cumprimento quase em uníssono.

Raoul congelou. Tinha certeza de que a conhecia: já vira o seu rosto antes. Mas onde?

— Senhora — disse Claude, adiantando-se —, trouxe alguns colegas de Etiènne. Estamos aqui para nos pôr a seu serviço. O que a senhora precisar, pode pedir.

Ela sorriu um pouco. Raoul franziu o cenho. Onde já a vira?

— Queridos! Muito obrigada pela sua bondade. Estou segura de que Etiènne tem os melhores amigos do mundo — disse com uma voz rouca. Juntou as mãos diante do peito. — Quero que espalhem por onde forem: quem nos trouxer uma pista do paradeiro de meu filho receberá uma boa recompensa. Por favor, ajudem. Quanto mais pessoas souberem disso, maiores as nossas chances de termos Etiènne de volta.

Virou-se para a criada que lhes abrira a porta e pediu:

— Gretel, por favor, sirva um refresco para esses excelentes cavalheiros no Salão Azul.

Os meninos sorriram e começaram a se retirar, passando pela dama para prestarem a ela seus respeitos.

Raoul ficou onde estava, como se tivesse sido fulminado por um

79

raio. Apenas uma palavra dela revelara tudo. Agora sabia quem eram os atores daquele drama. Sabia, na realidade, de tudo o que precisava saber.

Deixou-se ficar por último. Ao fim, avizinhou-se da mulher e, educado, beijou sua mão.

— Eu trarei Etiènne de volta, senhora — disse, muito sério.

— Se o senhor ajudar a espalhar a notícia da recompensa, já ficarei feliz — ela respondeu.

— Eu o trarei — repetiu Raoul.

Desta vez, não era um projeto, como tinha sido com Jean. Era uma certeza. O nome da criada, Gretel, fizera as peças se encaixarem perfeitamente. Lembrou onde vira o rosto da baronesa: era ela a mulher do retrato na mesa do médico. Quanto mais ele pensava, mais o quebra-cabeças o enchia de asco e revolta.

Não foi ao salão com os colegas. Escapuliu sem despedir-se e conseguiu chegar à rua sem ser interrogado por nenhum adulto. Fora do prédio, respirou fundo. Contou até dez em ordem crescente, depois em ordem decrescente. Aos poucos, organizou os pensamentos. Se dependesse de sua vontade, entraria nos subterrâneos imediatamente, ainda que não tivesse localizado nenhuma entrada e sem uma luz para ajudar. Antes de tudo, precisava de uma lanterna.

Caminhou na direção do Jardim de Luxemburgo, e logo tomou a calçada que contorna o parque, andando ao longo do *boulevard*, à sombra das árvores em torno da Fonte de Médicis.

De repente, viu Thérèse e Jean atravessando a rua, conversando animados. Junto à grade do Jardim, a menina deu uma moeda a um mendigo que lhe pediu uma esmola. Raoul teve uma ideia e correu até eles.

— Ora! — saudou o brasileiro ao enxergá-lo. — Se não é o nosso público predileto! Que tal um passeio neste nosso dia de folga?

O garoto os cumprimentou e entrou direto no assunto:

— Preciso de um empréstimo.

— Lamento, meu caro, não tenho nada sobrando — brincou a menina. — Aliás, não planejava o contrário? Não era você que ia conseguir o valor que prometeu a Jean?

— Não estou falando de dinheiro! Preciso de uma lanterna. Carregada. Podem ser duas. Ou três. Tenho certeza de que vocês têm algumas para se mover nos bastidores. Devolverei ainda hoje.

Os dois artistas ficaram surpresos.

— Para o que você precisa de tanta luz, Raoul? — indagou Thérèse.

— Não importa. Preciso, isso é tudo. Podem me ajudar?

Thérèse abriu a boca para negar, mas Jean tomou a frente:

— Claro. Ainda estamos organizando as coisas para a sessão de amanhã à noite, então será fácil pegar os lampiões sem ter de dar explicações.

O teatro ficava perto, e a porta de serviço estava aberta. Os três entraram sem nenhum problema e localizaram em seguida uma caixa com lanternas de querosene perto de um baú com figurinos coloridos. Cada um pegou uma, e Thérèse levou-os onde estava armazenado o combustível. Encheram os recipientes das lâmpadas depressa. Com tudo pronto, Raoul dirigiu-se para a saída, sendo imediatamente seguido por Thérèse e Jean.

— Aonde pensam que vão? — inquietou-se o rapaz.

— Vamos com você, ora — ela respondeu. — Aonde os lampiões forem, nós também iremos. Pretendo garantir que voltarão a seu lugar.

Raoul parou um momento.

— Não. Pode ser perigoso.

— Mais uma boa razão para irmos junto — declarou Jean. — Talvez você precise de ajuda.

— Quanto mais gente, mais risco. Não quero ter de me preocupar com vocês.

— Oh, sempre um cavalheiro! — Thérèse riu. Puxou uma embalagem de papelão e a mostrou para Raoul como se fosse algo imprescindível.

— O que é isso? — ele se perdeu.

— Fósforos, bobo! — Gargalhou. — Como você espera acender os lampiões?

O rapaz sentiu o rosto quente e não disse nada. A atriz pegou um dos lampiões das mãos dele e tomou a dianteira do grupo.

— Venham, estou louca para descobrir o que anda tramando, meu amigo. Quem sabe eu não consiga retribuir o bem que me fez naquele dia em que me salvou?

Não havia alternativa a não ser segui-la.

Na rua, ele passou à frente. Guiou seu pequeno grupo, entrando no Jardim com uma certa pressa. Parou no coreto, vazio àquela hora, colocou as lâmpadas no chão e puxou o mapa, que abriu para estudar. Jean e Thérèse se acomodaram ao redor, em silêncio, esperando que dissesse algo.

— Não sei se vocês sabem — ele começou —, no último sábado, meu colega Etiènne Toillivet, filho do falecido barão de Toillivet, foi sequestrado pouco depois da meia-noite, tirado de sua casa, a duas quadras daqui.

Thérèse o encarou com espanto. Ele continuou:

— Sei quem o sequestrou, mas não tenho provas. Com a minha idade e a minha origem, se eu for até a polícia fazer a acusação, ninguém me levará a sério. Então eu mesmo vou libertar Etiènne.

— Você descobriu onde ele está? — surpreendeu-se Jean.

— Sim... e não. Sei que ele está em algum lugar do subterrâneo parisiense e que há algo ligado a um baile macabro. Certamente em um lugar associado a um sujeito chamado Philibert Aspairt. Pode ser em sua tumba, pode ser em uma adega que ele morreu procurando. Se for a segunda opção, demorarei mais para encontrá-lo.

Os dois amigos o encararam, atentos.

— Mas esse subterrâneo... onde é a entrada? — indagou Jean.

— Estou pensando no "baile macabro". Teria algo a ver com o velho ossário? Sua entrada fica junto à Inspetoria Geral de Subterrâneos — sugeriu Thérèse.

Raoul negou.

— Não, é muito longe. Para entrar lá, o sequestrador teria atravessado várias ruas com Etiènne a tiracolo. Seria impossível fazê-lo sem ser descoberto. Ademais, ele tem atuado, sempre, nas redondezas do Jardim de Luxemburgo: primeiro mais ao oeste e, depois, ao sul, no Jardim dos Grandes Exploradores, quando foi visto pela tal de Philipa.

Thérèse o encarou, desconfiada.

— Você está dizendo que seu colega foi raptado pelo Quasímodo do Jardim dos Exploradores?

Raoul deixou escapar uma risada seca.

— Quasímodo? Pois é, sim. O "Quasímodo" do momento é jardineiro na casa onde moro e amante da criada da baronesa, mãe de Etiènne. É tão simples! Mas, sem provas, não posso agir. Sei que o patrão de Auguste o encarregou da missão, sei de seus motivos e sei da ligação entre Auguste e Gretel.

Jean piscou.

— Mas ele não tem o rosto estranho e uma corcunda? Você não pode identificá-lo, simplesmente?

— Auguste não é deformado. Usa uma boina velha e enorme com a qual cobre metade da cabeça. À contraluz, carregando um volume às costas, com a imaginação ajudando, ele poderia parecer o próprio demônio! — exclamou Raoul, quase divertido.

Thérèse não estava convencida:

— Mas o seu colega foi sequestrado no sábado. Já o relato de Philipa é do meio da semana...

Raoul a encarou muito sério.

— Sim. Há mais coisas nessa história que me escapam e que pretendo descobrir. É por isso que pode ser perigoso.

Fez uma pausa e completou:

— Logo, vou sozinho.

Jean mudou de posição.

— Não mesmo — disse. — Aonde você for, nós vamos também.

— Sim. — Numa ameaça, Thérèse exibiu de novo o pacotinho de fósforos, mantendo-o bem longe das mãos habilidosas do amigo. — Sem nós, você não irá a lugar nenhum.

Raoul deu de ombros, aborrecido.

— Certo. Apenas lembrem que minha prioridade é Etiènne.

— Feito — disse a menina.

Decidido isso, Raoul voltou ao mapa.

O raciocínio era simples: no Jardim existia uma fonte, a Fonte de Médicis. Ela poderia ser a entrada do subterrâneo, já que Oudinot dissera a Auguste: "Use a escada de Médicis". Porém, o mapa não mostrava nenhum túnel relacionado àquele exato ponto do parque. Além do mais, Raoul sabia que a localização atual da fonte não era a original. Se ela marcasse alguma entrada, devia ser em outro ponto do Jardim.

Mas, no exterior do parque, o mapa assinalava uma escada além da estátua do Fauno Dançante, do outro lado da via que delimitava o Jardim.

A rua de Médicis.

9 - CATAPHILES

Os três aventureiros atravessaram a rua movimentada e admiraram, por um momento, uma das muitas fontes parisienses, obra que desapareceu alguns anos depois. Era um baixo-relevo medíocre, sem nada de especial. Sob a cena representada, um cano escoava água até uma bacia de mármore em forma de vieira. Um garoto de rua estava ali, lavando os pés e brincando na água, e se afastou depressa quando viu os três chegando.

Ao contrário de muitas obras do estilo, porém, aquela não se erguia diretamente na fachada do prédio. Ficava separada da construção atrás dela por um espaço de meio metro. O cheiro era desagradável, porque apesar de todos os banheiros públicos distribuídos pela cidade, muita gente se aliviava em suas sombras. Thérèse recuou, enojada, mas suas saias ajudaram a ocultar Jean e Raoul, enquanto eles examinavam o lugar, curiosos.

No chão, oculta pela fonte, havia uma grade e, além dela, alguns degraus que mergulhavam terra adentro.

O estudante foi o primeiro. Estendeu a perna, erguendo a grade com a ponta do sapato, com muito mais facilidade do que esperava. Algumas baratas fugiram. Ele sorriu, avançou pelo espaço estreito e aproximou-se do buraco, descendo alguns degraus. Nesse meio-tempo, Jean fez Thérèse acender o seu lampião, que passou para Raoul, em troca do seu. Em seguida, foi na esteira do amigo. A menina, torcendo o nariz de nojo e segurando as saias o mais alto e junto ao corpo que conseguiu, acompanhou os dois. Em cinco minutos, não havia nada que denunciasse a passagem deles, a não ser a grade erguida.

Não foi necessário descer muito para Raoul dar-se conta de que havia penetrado em outro mundo. A luz, o ruído e a primavera de Paris tinham sido subitamente apagados. Só os rodeavam o silêncio e as trevas.

A escadaria se alargou um pouco. Devagar, o cheiro dos dejetos humanos desapareceu, substituído por um ar úmido e mofado. As baratas também diminuíram, para o alívio de Jean. Thérèse espirrou algumas vezes.

Chegaram a um pequeno patamar, que marcava a mudança de direção da escada. Algumas lacraias correram, surpreendidas pela luz.

— Alguém contou quantos degraus descemos? — indagou o estudante.

Thérèse olhou para cima e viu a entrada, tão distante, um quadradinho luminoso da cor da tarde que ia para o fim.

— Não. Talvez uns trinta ou quarenta — cochichou.

— Trinta e oito — declarou Jean. — Eu contei.

Raoul encarou os amigos, dois vultos nas sombras.

— Vocês ainda podem voltar — lembrou. Ninguém respondeu.

Ele suspirou e iluminou as paredes ao redor. À sua direita, parte do alicerce do prédio atrás da fonte. À esquerda, rocha pura. Contornou o patamar e aclarou os degraus que continuavam a descer para a escuridão, como um funil sem fim.

— Vamos — chamou, avançando.

A segunda parte da escadaria era muito mais longa. Jean ia informando as dezenas de degraus descidos, mas quando chegou aos sessenta, Thérèse, angustiada, pediu que parasse.

— Avise quantos foram só quando chegarmos ao fundo — ela sugeriu.

As paredes iam se modificando. O alicerce deu lugar à pedra de ambos lados. De vez em quando, Raoul via alguma coisa incrustada na parede.

— Olhem! Um fóssil de *cerith*! Vi isso em um museu!
— deslumbrava-se.

Os fósseis tornaram-se mais numerosos, restos de conchas e exemplares inteiros. A descida parecia não ter fim. O ar ficou estranho. Os ecos se multiplicavam.

De súbito, as paredes em torno da escada sumiram, embora os degraus continuassem desaparecendo na escuridão. Thérèse gemeu de espanto, e Jean alcançou-lhe a mão.

— É preciso cuidar com o equilíbrio — disse o brasileiro.

— Sim — concordou Raoul, descendo um pouco mais. — Chegamos a um salão, mas não sei qual é a profundidade dele.

A chama do lampião expandiu-se no escuro e revelou o teto do aposento de pedra em que tinham se metido. A escada mergulhava, nua, pelo meio dele. Algumas sombras maiores fugiram depressa.

Logo o estudante disse, aliviado:

— Este é o fundo.

O "fundo" alargava-se além da escada, uma sala ampla, cavada na rocha. Havia terra solta, bastante entulho, mas, bem visível no chão seco, um trilho recém-traçado. Raoul iluminou-o e voltou-se para os amigos, sorrindo. Seu rosto bonito, deformado pelas sombras, tinha algo de assustador. Ele puxou o mapa do bolso e o abriu no chão empoeirado, consultando-o.

— Sim, estamos aqui. Veem? — Apontou para um ponto do esquema. — Teremos uma entrada à esquerda, depois uma bifurcação no caminho, onde pegaremos a direita. Logo, haverá outra entrada à esquerda, mas ficaremos no nosso caminho e então...

— Como pode ter certeza de que está tudo aí? — duvidou Thérèse num fio de voz.

Raoul a fitou.

— Confio absolutamente neste mapa. Porém, se encontrarmos alguma coisa que não corresponda a essas indicações, eu juro, voltaremos sobre nossos passos e subiremos. Prometo. — Encarou os companheiros, que concordaram em silêncio.

O salão tinha apenas uma saída para um corredor largo, reforçado por trabalhos de alvenaria. À sua entrada, um letreiro identificava: "Rua de Médicis".

— Uma placa! — Jean exclamou.

— Sim! Isso vai nos dar mais indicações! — comemorou o estudante.

O corredor era largo e estava limpo. Uns passos além, abriu-se uma passagem à esquerda, exatamente como Raoul previra. Adiante, o caminho se bifurcou.

Viraram à direita. O corredor ficou mais estreito, alto e rústico Era evidente que ambas as passagens não haviam sido abertas na mesma época. Esta área era mal acabada e, o chão, irregular, meio descendente. Notaram espaços onde material fora retirado das paredes — "Afinal", pensou Raoul, "estamos dentro de uma pedreira". De locais como aquele tinham sido extraídas as pedras para erguer a capital, com todas as suas igrejas e obras monumentais.

Em dado instante, toparam com um desabamento a obstruir quase toda a passagem. Havia apenas um espaço no alto. Raoul iluminou o quanto pôde, e viram o teto muito acima, meio rachado, de onde as pedras tinham despencado.

— Começo a entender o que acontece aqui embaixo — ele murmurou. — Sem reforço, com o passar dos anos e o peso das construções da superfície, os corredores tendem a ruir.

A voz tensa de Jean soou atrás deles:

— E, agora, vamos para onde?

— Há uma passagem que ignoramos. Vamos voltar um pouco — decidiu Raoul.

No início, pretendia fazer o trajeto mais simples e reto até a Tumba de Philibert, identificada no mapa. Não lhe agradava arriscar-se por caminhos retorcidos, porém, não tinha mais como seguir o plano original. De fato, Raoul reconheceu pegadas na poeira do chão: um par de pés maiores e, outro, menor, que de vez em quando parecia ter sido arrastado. Auguste e Etiènne tinham passado por ali.

Chegaram a um cruzamento. Três bocas profundas e sombrias abriam-se adiante, engolindo a luz. Eles se imobilizaram. Cada um espiou por uma das entradas. Jean conseguiu uma identificação de rua.

— Rua d'Enfer — comentou, apontando para uma placa de mármore. Ficou um momento em silêncio, depois traduziu para si mesmo: — Rua do Inferno? Eu li direito?!

Raoul riu: naquele lugar, uma "rua do Inferno" parecia normal. Os ecos macabros de seu riso se multiplicaram e ele se aquietou e concordou:

— Sim, Jean. Estamos perto de onde moro.

— Vejam que interessante: há uma linha negra no teto — observou Thérèse.

— Hum... uma espécie de guia, quem sabe? — ponderou o estudante, avançando pela rua assinalada.

Aquele era o ponto do caminho mais reforçado por obras antigas entre os que tinham passado até então. O teto alto desaparecia nas sombras. À frente e atrás, tudo o que havia era um oco negro a devorar a luz.

De repente, Raoul parou e consultou o mapa. À esquerda havia uma estreita passagem, pela qual entraram. Poucos passos a seguir, eles se depararam com uma lápide.

— A Tumba de Philibert — disse o garoto, com uma expressão de vitória.

Os amigos se aproximaram e, juntos, leram o que havia sido escrito nela.

— Coitado — lamentou Thérèse, estremecendo. — Posso imaginar o pavor dele, perdido neste labirinto, no escuro.

— E relativamente perto de uma saída — comentou Raoul, mostrando um ponto no mapa que indicava uma outra escada.

— Se havia um lugar mais próximo para entrar, por que nos arrastamos por aquela escada nojenta lá atrás? — protestou Jean.

Raoul deu de ombros.

— Eu precisava ter certeza de que o caminho era possível — respondeu.

— Acho que devemos voltar — declarou a menina. — Não sei se confio no seu "plano".

— Não vou voltar sem Etiènne — disse Raoul, categórico.

Silenciaram por um momento.

— Bem, nós não iremos embora sem as nossas lanternas. E você precisa de luz... senão, vai terminar como esse daí. — Jean indicou a tumba e abriu um sorriso luminoso que se rivalizava às trevas ao redor. — Vamos procurar pelo seu amigo.

— Não há nada aqui! — teimou Thérèse, abrindo os braços. — O espaço está limpo. Faz um tempo que sequer vemos insetos!

— Esta área dá para um corredor ali atrás, supostamente. Podemos conferir se não há uma passagem escondida — sugeriu Raoul. Jean levantou o seu lampião. — Mas nada de nos separarmos. Fiquemos ao alcance de nossas vozes, não mais.

— Certo — concordou o brasileiro, passando pela amiga que, aborrecida, sentou-se onde estava.

— Pois eu acho que ambos enlouqueceram. Vamos procurar a polícia.

— Não. — Raoul voltou-se à parede dos fundos. Examinou as pedras, iluminando-as cuidadosamente, mas nada havia que revelasse a existência de uma abertura.

No segundo seguinte, estremeceu: a voz de Jean ecoou a primeira estrofe da canção que tinha levantado sua plateia dias atrás, "A Dança Macabra". Os ecos se perderam pelos corredores. Não demorou, ele voltou para junto dos amigos, que o receberam com uma expressão tensa.

— Que ideia, cantar isso! — murmurou Thérèse.

— Puxa, desculpe. Não pude evitar. O cenário é perfeito para essa canção. — Riu. — Amaria realizar um concerto em algum lugar por aqui. Aposto que o som seria fantástico.

— Sim! — Raoul anuiu, divertido também. Até Thérèse permitiu-se rir um pouco. — Dependendo do programa, seria um concerto de arrepiar.

— Em todo o caso, o corredor ao lado é curto e termina em outra passagem — continuou o brasileiro. — É muito fácil se perder por aqui. Este lugar é uma loucura.

Raoul voltou-se para ambos, decepcionado consigo mesmo.

— Onde estará? — pensou em voz alta.

Súbito, Thérèse, sentada bem diante da tumba, apontou para algo além da pedra.

— Olhem! Ali!

Atrás da lápide havia um espaço semelhante àquele por onde tinham entrado. E, à direita dele, uma sombra revelava um local insuspeito. Se ela não estivesse onde estava, e Jean não o iluminasse ao voltar, não teria visto nada. Raoul aproximou-se e clareou o recorte com um sorriso.

Era, de fato, um acesso. Estreito o bastante para passar um homem e nada mais.

— Vamos — chamou.

— Por acaso isso aí está no seu mapa? — contestou Thérèse, levantando-se. — Lembra o que disse sobre corredores que não aparecessem no esquema?

— Não está, mas eu vou entrar mesmo assim. Você pode ficar, se quiser. Nós lhe deixamos um lampião...

Ela olhou sobre o ombro.

— Negativo. — Colocou a lanterna no chão e regulou a chama para o mínimo, a fim de poupar o combustível precioso. Jean apagou a sua e a pôs junto à da amiga. — A luz ficará para marcar a entrada. Mas eu vou com vocês.

Em poucos segundos, tudo o que restava deles era a chama tímida da lanterna, iluminando as sombras do corredor vazio.

10 - O LAMENTO DAS TREVAS

Raoul seguiu pela passagem, com Jean logo atrás e Thérèse fechando o grupo. Avançou cheio de cuidados: a via era estreita, mal acabada, cheia de pontas. Ao menos era curta, tendo, talvez, quatro metros. Depois se alargava, conduzindo a uma saída à direita. Ele a iluminou com cuidado, torcendo o nariz para algumas baratas que correram assustadas.

Encontraram um corredor largo e limpo de alvenaria antiga, com várias portas se abrindo nos dois lados, frente a frente. O rapaz clareou a mais próxima, uma ruína entreaberta de madeira corroída e dobradiças enferrujadas. Não a tocou, temendo que caísse, mas pelos buracos puderam ver que, além dela, abria-se uma espécie de quarto, com um catre torto em um canto.

— Isso é uma prisão? — horrorizou-se Thérèse.

Raoul ergueu um pouco a luz: no fundo, havia um crucifixo entalhado diretamente na rocha.

— Espero que não — disse.

Na porta seguinte, em melhores condições, um ferrolho grosseiro, de madeira, meio improvisado, havia sido instalado recentemente. Talvez Thérèse tivesse razão, afinal de contas. Porém, era claro que o carcereiro não tinha medo da fuga de seu prisioneiro: as trevas do labirinto eram a maior garantia de que ninguém se atreveria a escapar. O garoto respirou fundo, puxou o ferrolho e abriu a porta.

No espaço além, algo se moveu convulsivamente. Um rato grande passou depressa entre as pernas dos recém-chegados. Jean levou a mão à boca, e Thérèse abafou um grito.

Raoul deu um passo à frente.

— Etiènne? — indagou, incerto.

No fundo do cômodo, em uma velha cama mal enjambrada com pedaços de outros móveis antigos, um garoto de camisola se encolhia contra um canto, envolvendo-se como podia em um cobertor velho e fino para o frio dos subterrâneos. Havia duas tigelas com restos de comida ao lado dele. Junto à cama, uma cabaça recebia uma gota de água do teto. Era de gelar os ossos.

Ao ouvir o nome, a pessoa no cobertor voltou-se para a luz, os olhos piscando, esforçando-se para se adaptar à claridade que irrompia em sua escuridão.

— Raoul?! — balbuciou, incrédulo.

O colega percebeu o incômodo do outro e colocou a luz no chão, regulando-a para o mínimo. Depois, aproximou-se do seu desafeto e sentou-se junto dele.

— Você está bem? — indagou, pousando a mão sobre o ombro de Etiènne.

O menino começou a chorar.

— Calma, meu caro, vai dar tudo certo.

— Por favor, me tire daqui! — sussurrou o outro.

— Claro, claro que sim.

— Agora, antes que ele venha!

— Quem virá?

— O velho. O velho que me trouxe. Ele está para chegar.

Raoul imobilizou-se.

— Como assim?

— Quando a cabaça se enche de água, ele chega. Já foram três vezes assim.

O garoto olhou para a peça em questão e a viu praticamente completa. Uma gota pingou do alto e mergulhou com um som gelado.

— Primeiro eu ouço os uivos. Acho que esta é a antessala do Inferno, sabe? Quando os gritos se calam, um tempo depois, ele vem e me traz comida. Então se vai, e eu fico no escuro... Uma luz se acendeu brevemente nos seus olhos.

— Há quanto tempo estou aqui? — perguntou.

Raoul sorriu, amigável.

— Um dia e meio, mais ou menos.

Etiènne baixou a cabeça.

— Meu Deus, pareceu uma eternidade. — Estremeceu. — Aqui é sempre noite, entende? Uma coisa de doido.

— Vamos, vamos sair antes que apareça o tal velho.

Etiènne espiou seu salvador com desconfiança. Tinha acabado de imaginar que talvez tudo aquilo fosse uma espécie de vingança pela surra do outro dia.

— Você? Você vai me salvar a pele? — duvidou.

— Não me faça mudar de ideia...

— Raoul! — Thérèse o advertiu.

— Certo, me desculpem — ele pediu. Voltou-se para o colega.

— Na verdade, Etiènne, minha presença aqui começou como apenas negócios. A sua mãe ofereceu uma recompensa para quem lhe trouxesse uma pista do seu paradeiro, e eu planejo devolvê-lo por inteiro. Mas agora... saiba que eu viria resgatá-lo mesmo sem uma gratificação no horizonte. Prefiro achatar seu nariz lá em cima do que vê-lo nesse estado aqui embaixo. Pronto, já pode se comover com a minha sinceridade.

A resposta fez o prisioneiro sorrir. Então ele enrijeceu, lívido.

— Ouça — disse, segurando a manga de Raoul. E, em seguida, num cochicho aterrado: — Começou...

Ao longe, como um sopro diabólico, um som se espalhava. Era um lamento lúgubre, algo tão tenebroso que fez com que Raoul se erguesse, pálido, olhando para a porta, à espera de alguma criatura medonha. Thérèse achegou-se a ele e segurou sua mão com força.

Jean, que estava mais perto da porta, colou-se na parede, os olhos muito arregalados. Ninguém disse nada.

O som espalhou-se rápido e doentio, explodindo na porta em frente à da prisão de Etiènne numa gritaria louca. Algo arrastou-se pela fresta entre aquela porta e o chão, um espaço largo o suficiente para uma ratazana passar com folga.

Mas não era um rato. Era a mão de um ser humano.

Thérèse se refugiou no ombro de Raoul, que mostrou a coisa horrenda para Jean. O brasileiro espiou e fez uma careta de susto, contudo, logo relaxou.

— Esperem aqui, eu já volto — murmurou, sinalizando que iria ao lado de fora, valendo-se da escuridão para ocultar-se.

Raoul afastou a menina com delicadeza, tirou o casaco e, com ele, improvisou uma espécie de abrigo para a lanterna. As sombras quase absolutas caíram sobre os quatro.

Jean moveu-se e, de longe, anunciou:

— Vejo uma luz adiante — esforçava-se para ser ouvido acima dos gritos. — Está bem distante, mas avança. Parece ser um lampião como o nosso. Ele para de vez em quando, depois volta a avançar.

Retornou à penumbra sombria da cela.

— Seja quem for, sumiu. Deve ter entrado em um recuo do labirinto. Precisamos sair daqui, agora — ele disse.

Raoul não se mexeu. Falou entredentes:

— Puxe a porta sem fechar.

Todos olharam para ele.

— O que... — começou Thérèse, mas Raoul a calou:

— Prestem atenção. Aqui está o mapa. Saberão sair sozinhos?

— Sozinhos? Como assim? — inquiriu a menina, segurando o papel com as mãos geladas.

— Saberão chegar ao fundo do corredor, mesmo no escuro, não é? É bem fácil. Jean, o que acha?

— Eu consigo, sem problema. Mas o que você vai fazer?

95

— Ganhar tempo. Etiènne, troque de roupa comigo.

— O quê?

— Agora, faça o que estou mandando. Quando o sujeito chegar e encontrar a cela vazia, saberá que você fugiu e irá atrás de nós. Não me surpreenderia se nos alcançasse. Com toda a certeza, ele conhece essas profundezas muito bem.

Thérèse mirou a porta, e Etiènne tirou a camisola suja. Raoul livrou-se da calça e da camisa do uniforme. Trocaram rapidamente de roupa, enquanto o garoto falava:

— Se estou entendendo esses corredores, só há uma saída além dessa pela qual ele vem andando: a passagem por trás da Tumba de Philibert. Vocês vão sair por lá, e eu vou ganhar todo o tempo que puder aqui. Se ele achar que seu prisioneiro está em seu lugar, não irá procurá-lo. Deixem uma das lâmpadas atrás da lápide. E me dê os fósforos, Thérèse. Eu os seguirei na primeira oportunidade.

— Ele vai fechar a porta — soluçou ela, alcançando-lhe o pacotinho pedido. — Você ficará preso!

— Não entraremos em pânico — decidiu Jean de imediato. — Voltarei dentro de uma hora ou duas, com ajuda, para resgatá-lo. Tudo o que Raoul tem a fazer é deitar-se e fingir que é o Conde de Monte Cristo.

Raoul sorriu.

— Boa ideia. Vamos de uma vez.

Jean pegou a mão da mocinha, que estendeu a sua a Etiènne.

— Obrigado, Raoul — disse o filho da baronesa.

— Feche o ferrolho quando sair — recomendou Raoul, trêmulo.

Com um gesto, apagou a lâmpada. Tudo caiu na escuridão.

11 - A DANÇA MACABRA

Antes de prosseguir, uma palavra sobre o plano de Raoul: não era louco. Requeria apenas um pouco de sangue frio e paciência. Porém, quando a porta se abriu, um pouco depois de os amigos escaparem, e a voz do homem junto dela se fez ouvir, ele compreendeu que toda a lógica simples de sua espera acabava de desmoronar.

— Então, meu jovem! Vim salvar você — disse o homem que segurava o lampião.

Debaixo do cobertor, Raoul teve um instante para pensar. Cada segundo ganho era um passo a mais para os três adolescentes no corredor além. Assim, entre as poucas opções de que dispunha, escolheu a do improviso total.

Permaneceu como estava. O homem insistiu, adentrando a cela.

— Dormindo? Será possível?

O garoto sob o cobertor inspirou fundo. Espreguiçou-se. Puxou o tecido sujo por cima da cabeça. Sentou-se devagar, os braços apoiados nas pernas e, as mãos, caídas, relaxadas, entre os joelhos. O retrato de um adolescente rabugento e preguiçoso.

O recém-chegado manteve-se na expectativa.

— Então, meu velho, este seu buraco deve ser o pior muquifo de Paris, hein? — reclamou o prisioneiro.

O sujeito se surpreendeu.

— O quê?

Quando o cobertor escorregou, o garoto o encarou.

— Sim, Oudinot, olhe só: a cama é péssima; a comida, intragável. O serviço de quarto, inexistente. E o barulho... ah, meu caro, ouça isso! Uma gritaria infernal sem fim.

O médico — pois era ele quem segurava o lampião, e não Auguste — recuou até sentir a parede da cela atrás de si. Raoul fez um gesto e, do nada, uma luz irrompeu de sua mão. Era como mágica, mas ele apenas havia riscado um dos fósforos de Thérèse. Oudinot, que não sabia de nada disso, estremeceu, pasmo. O adolescente acendeu o seu lampião com toda a tranquilidade de um ilusionista no palco.

— Você? — balbuciou o doutor. — Mas... como assim? Como assim?

— Eu, sim, euzinho. Quem mais poderia ser? — indagou Raoul, levantando-se. Encarou-o, muito sério. — Etiènne Toillivet? — Ergueu o lampião para ver bem a expressão do homem e perguntou, cortante: — Lucien Branches?

O médico se encolheu como se tivesse levado um soco. Não conseguiu falar, incapaz de compreender a mágica que transformara o prisioneiro esperado no adolescente diante de si — e, ainda por cima, de posse de segredos importantes!

— Impossível...

— Impossível? Ora, mas por quê? — Raoul aproximou-se dele, tentando alcançar a porta.

Por instinto, o homem deu um passo para afastar-se. Não devia ter feito isso: se até então o teatro do garoto era apenas uma invenção maluca para chegar à porta e, dali, ganhar o corredor, naquele instante ele sentiu o poder que tinha sobre o doutor. A coisa lhe subiu rapidamente à cabeça. O que era uma estratégia virou diversão.

— Impossível? — repetiu, saboreando a confusão e o medo do médico. — Sim, há coisas impossíveis. Vejamos o impossível: você se aproximar de Annette Toillivet. Isso, sim, é impossível. Mesmo sequestrando o seu único filho no intuito de devolvê-lo pessoalmente, fazendo o papel de herói. Com o sequestro, você atrasaria a data do casamento. Com a devolução de Etiènne, conquistaria a atenção dela. Posso ver o passado: os três colegas, Charles Toillivet, Oliver Lesquin e Eugene Oudinot, terminando o liceu e se preparando para seguir, cada um, o seu caminho na vida. Então surge uma mulher: a bela Annette. A paixonite aguda ataca os amigos, mas apenas um é escolhido: Charles. Depois, a viuvez. Agora mesmo, eu me pergunto: quem era o médico do barão? Você?

O homem arreganhou os lábios tal um cão ferido. Foi um momento inesquecível para Raoul, a descoberta de que as palavras são armas.

— Estou certo, não é? Você matou Charles. Esperava que Annette lhe dedicasse um olhar, mas isto não aconteceu. Havia Oliver, conde de Lesquin. E outra coisa mais...

— O que mais poderia haver? — rosnou Oudinot, a voz rouca.

— O instinto feminino. A baronesa desconfiava de você. Talvez tenha desconfiado desde o primeiro momento, mas, sem provas, o que ela poderia fazer? Afastá-lo de si e de seu filho. Afastá-lo de sua casa e de sua vida. Apenas isso. Agora, com essa história do novo casamento, você precisou tomar uma medida drástica. Existe melhor maneira do que lhe devolver o filho sequestrado? Que mãe resistiria? É o perdão absoluto para todos os crimes.

Raoul inclinou-se diante dele, zombeteiro.

— Tão simples. O único problema sou eu, euzinho, que apareci no seu caminho. Ih, rimou! Serei poeta?

Deliciou-se com a expressão de ódio do médico e cometeu seu primeiro erro:

— Acertei, meu velho, não foi? — debochou, vaidoso.

Oudinot urrou e moveu o lampião com violência na direção de Raoul. Não o atingiu por milímetros: o garoto jogou-se no chão e engatinhou para fora do jeito que pôde. No corredor, a gritaria ensurdecedora o desnorteou. Seguro de que, indiferente do rumo que seguisse, daria em um corredor reto, disparou com o seu lampião balançando loucamente e iluminando as portas pelas quais passava. Através das frestas, viu mãos, pés e olhos arregalados que o acompanhavam.

Súbito, deu-se conta de que o som tinha mudado. Havia quase um eco. As paredes desapareceram. Estava em um espaço largo, talvez maior do que a sala onde terminava a escada por onde desceram ao subterrâneo. Diminuiu o passo, inseguro.

Fez-se a luz.

Do nada, a claridade resplandeceu, revelando onde estava. Era um enorme salão abobadado, sustentado por colunas primitivas feitas com pedras empilhadas. Ele levantou os olhos para o teto iluminado por um sistema de luz a gás improvisado: lá estava um terrível afresco representando uma dança macabra, esqueletos e homens vivos de mãos dadas em uma roda que tomava todo o teto. Nas laterais do grande espaço circular, encaixadas na rocha, portas, portas e mais portas. Junto às colunas, várias mesas cheias de vidros, retortas, equipamento científico. Em uma delas, pendurado, um esqueleto humano. Faltava-lhe uma parte de um dos braços, que repousava sobre um móvel ao lado.

Era um mosteiro. Um mosteiro subterrâneo, construído por sabe-se lá quem e em que momento, feito para a oração e o recolhimento. Transformado, porém, em laboratório, parecia um dos salões do próprio Inferno.

Quando a luz se acendeu, houve um momento de silêncio aterrorizante. E então os gritos, uivos e lamentos atrás das portas redobraram a violência.

Tudo isso Raoul pôde observar entre duas respirações.

— E então, meu caro, o que acha do meu "muquifo" agora? — A voz de Oudinot soava perto dele.

O garoto se voltou para o homem, pálido.

— Você não esperava que eu chegasse ao meu elixir trabalhando em um lugar onde eu pudesse ser facilmente investigado por qualquer um, não é? — continuou o doutor. Era a sua vez de sorrir.

Gesticulou para as celas, cujas portas eram sacudidas e esmurradas e atrás das quais pessoas choravam e imploravam por sua liberdade.

— Meu laboratório — disse, mostrando as mesas. Depois apontou para os ossos pendurados. — O esqueleto que Auguste estava trazendo quando foi visto por Philipa. Ainda não consegui montá-lo por inteiro; peço desculpas pela bagunça. Os últimos dias têm sido um pouco movimentados.

Ele apontou para as portas.

— Minhas cobaias, é claro. Tenho evoluído nos estudos, mas ainda não posso apresentar minhas descobertas ao mundo. Sobretudo, não posso revelar meus métodos. Seria julgado e enforcado.

Agarrou o cangote de Raoul.

— Já que você não viverá para tornar-se médico, não irá se importar em fazer parte da história da Medicina — completou o homem, jogando-o longe. Um par de braços o recebeu. — Auguste, prenda-o em uma cela vazia. Depois teremos de obstruir a passagem Philibert. Aposto que foi por lá que ele veio.

— E o outro menino? — indagou o ajudante, segurando Raoul pelo braço.

Oudinot respirou fundo, pensativo. Finalmente, deu de ombros.

— Deve estar zanzando por aí. Precisaremos procurar, mas acredito que o encontraremos com facilidade. Você sabe como são os subterrâneos. O mais urgente é fecharmos a passagem, mantendo o laboratório a salvo.

Auguste agarrou Raoul pela cintura e o ergueu com facilidade, como um fardo qualquer, esquecendo que ele tinha um lampião nas mãos. Era sua única chance. O garoto bateu o objeto com toda força em uma das pernas do cúmplice. O vidro quebrou, o combustível entornou e o fogo espalhou-se rapidamente pelas roupas do homem.

Auguste o largou para livrar-se das chamas, e Raoul correu à primeira porta que encontrou e a abriu. Como na cela de Etiènne, as fechaduras eram ferrolhos bastante fortes, mas simples. Em pouco tempo, havia aberto três delas. As pessoas dentro das celas saíram em desabalada carreira, revirando mesas, quebrando vidros e espalhando mais caos. O garoto correu para outra porta e outra mais.

E, ali adiante, encontrou Oudinot apontando uma arma para ele.

— Fim da linha, maldito — gritou o médico, furioso.

Raoul arregalou os olhos e escancarou uma porta, usando-a como escudo.

O tiro ecoou. Escutou-se um uivo maior, de dor e raiva. Fosse quem fosse que estava ali, havia avançado tão logo a cela se abrira e tinha sido atingido. Raoul torceu para ter sido de raspão.

Viu o médico passar correndo, lívido, alheio a tudo e a todos, seguido por uma sombra vestida por farrapos sujos, rumo a um corredor pelo qual já havia desaparecido Auguste. "Deve ser a saída", pensou Raoul. Acompanhou o grupo, adonando-se do lampião usado por Oudinot na "libertação" de seu prisioneiro, agora caído junto a alguns papéis que não se incendiaram por milagre.

O corredor era largo e limpo, feito por boa construção medieval, iluminado, aqui e ali, por mais lâmpadas a gás, e cortado por várias portas, muitas delas abertas, exibindo nichos repletos de sacos e prateleiras. Ali não se achava nenhum prisioneiro; a gritaria tinha ficado para trás.

Um pouco adiante, o túnel mudou. Tornou-se tosco, novamente, e se dividiu. Um corredor ainda mais primitivo descendia de um lado. O segundo, com um bico de luz aceso, prosseguia em frente. Os dois homens tinham se metido nele. De vez em quando, o perseguidor de Oudinot parecia ficar de quatro, como um animal, depois avançava meio encurvado, tal um homem com dor. Havia um trilho vermelho no chão.

De repente, Raoul os perdeu de vista. O túnel fazia uma curva e se dividia mais uma vez. Dali em diante, não enxergava mais nenhuma luz. Ele parou, tenso, ouvindo. Os gritos vinham de longe, ecoando, terríveis. Podiam ser originários de qualquer lugar.

Raoul decidiu seguir em frente, cuidadoso. Percebeu que havia se metido em um corredor estreito e empoeirado, uma outra passagem. Um pouco adiante, o caminho estava inundado, formando uma piscina de água parada e cristalina que devorava o som e multiplicava a luz. Não parecia funda, mas, de qualquer maneira, os dois homens não deviam ter passado ali, ou a superfície ainda estaria em movimento. Além da água, pouco visível, notou uma porta identificada por um desenho.

O brasão da Ordem dos Cartuxos.

Raoul apertou os lábios, dividido entre a curiosidade e a necessidade de sair dos túneis e procurar ajuda. Resolveu voltar sobre seus passos e tomar o outro corredor. Lembrou-se de algo que um dos amigos dissera e olhou para cima. Ali não havia nenhuma marcação, mas um pouco à frente, ao voltar ao corredor maior, enxergou estrelas esculpidas no teto, como uma trilha. Deu-se conta de que a entrada do corredor inundado ficava oculta em uma quebrada do caminho: ou se entrava nele por acaso, como lhe acontecera, ou se sabia muito bem onde se situava. No escuro, era praticamente invisível.

Engolindo em seco, guiou-se pela trilha de estrelas no teto, tentando não pensar em Philibert. Sacudiu um pouco o lampião. O combustível estava acabando. Decidiu que andaria um pouco mais e então voltaria ao laboratório, pegando a saída da tumba. Depois regressaria com ajuda para resgatar os prisioneiros que não conseguira libertar. Qualquer coisa era melhor do que se perder naquele labirinto infernal.

Foi quando ouviu Oudinot falando com alguém. O medo era claro em sua voz, mas ele tentava manter um tom bondoso enquanto negociava na escuridão. Raoul avançou rapidamente naquela direção, até deparar-se com um salão baixo, que se abria à direita. Era um lugar terrível, cuja lembrança haveria de permanecer muito tempo em sua memória.

O espaço estava tomado de ossos humanos. Esqueletos desmembrados, jogados ao acaso, formavam pilhas altas, montes horrendos! Ossos longos, ossos curtos, inteiros, partidos, esfarelados. Costelas, fêmures. Crânios brancos contemplavam a Eternidade dos subterrâneos com órbitas vazias e maxilares rotos. Parte deles se misturava aos restos de material de construções antigas, de tal modo que não havia como distinguir pedra de osso. O teto era baixo, sustentado por dezenas de colunas de pedras empilhadas, como as que tinha deixado para trás. Se levantasse o braço, o tocaria. Mais adiante, ele subia, e quando o garoto iluminou o salão, esgarçando as sombras em todas as direções, um exército de ratos mexeu-se sobre os restos, criando uma tenebrosa ilusão de movimento. Raoul imobilizou-se, assombrado.

Oudinot estava encolhido contra um dos montes de ossos erguido junto a uma das colunas, tentando se esconder. Atrás dessa mesma coluna, uma sombra enorme, algo estranho, voltou seus olhos ferozes para a luz que Raoul portava, como se odiasse tudo o que a claridade significa. A sombra entreabriu os lábios rachados e grunhiu. Oudinot voltou o rosto para o menino e sorriu, cheio de esperança.

Então a criatura do outro lado da coluna empurrou as pedras. A coluna cedeu sob a pressão, e o monte de rochas e ossos desabou sobre o homem, que arquejou de dor e medo. O outro saltou em cima do desabamento que provocara e usou seu peso para terminar o que tinha começado. Oudinot estendeu a mão para o rapaz, tentando sair debaixo de tudo aquilo, mas era tarde demais. Ele arfou e tossiu sangue. Raoul viu quando a luz apagou-se em seus olhos. Viu quando o homem morreu.

Uma caveira rolou do monte e veio dar em seus pés, o riso macabro o encarando para sempre. Trêmulo, o garoto recuou um passo e outro mais. A criatura sobre o monte desabou com um gemido, enfraquecida pelo tiro. Ao fazê-lo, seu braço escorregou para a frente, e Raoul pôde ver sua mão: pequena, como a de uma criança.

O assassino de Oudinot era Lucien Branches.

Então a chama do lampião tremeu e se apagou.

12 - ZIG ET ZIG ET ZAG[3]

Quanto tempo a escuridão perdurou? Raoul jamais soube. Depois que a lamparina se apagou, sua mente mergulhou num turbilhão. De um lado, o pavor de repetir o destino de Philibert. De outro, a certeza de que Jean voltaria e não descansaria até encontrá-lo.

Agarrou-se a essa última possibilidade com todas as forças que ainda tinha, imóvel, na escuridão. A calma voltou, pouco a pouco. Sentou-se onde estava, exausto.

Foi ali que o resgate, liderado pelo velho coveiro Andreas Encrier, o encontrou, uma hora depois.

Dormia a sono solto.

⌘⌘⌘

— Dormindo?! — indagou Annette Toillivet, admiradíssima. Ela estava sentada em um sofá, com os braços em torno do filho.

Thérèse deixou escapar uma gargalhada divertida. Jean, que narrava o resgate, balançou a cabeça, admirado.

— Foi, no mínimo, inacreditável — comentou.

Raoul deu de ombros. Agora, sentado em um dos salões ilumi-

---

[3] "Zig e zig e zag".

nados da casa de Etiènne, são e salvo, tudo parecia um pesadelo distante.

— Não posso dizer que tive bons sonhos, é claro — protestou. — E acordar com a cara de Andreas sobre a minha não foi nada divertido. Mas o que queria que eu fizesse? Estava esgotado.

Etiènne fitava o colega com um misto de admiração e inveja.

— O pobre homem quase teve um enfarte quando ouviu seu nome — resmungou.

O trio em fuga também tivera a sua porção de aventuras. Na tentativa de encontrar a saída mais próxima da Tumba de Philibert, enganaram-se de caminho. Entraram no túnel errado e rumaram na direção contrária à que deveriam ir. Para a sorte deles, encontraram um grupo de trabalhadores dos subterrâneos que finalizava as obras no túnel meio desabado, semanas antes. Inicialmente, os homens estavam dispostos a ignorar a fantástica história dos três, mas quando Etiènne disse o nome de Raoul, um dos homens tomou a frente e liderou a busca. Era Andreas.

— Foi o único que acreditou em nós, até o momento em que passamos para o outro lado da Tumba de Philibert — disse Thérèse, devolvendo o mapa para Raoul.

Tão logo os trabalhadores se depararam com o mosteiro subterrâneo e seus prisioneiros, alguém correu para avisar a Inspetoria. Em pouco tempo, uma enorme equipe investigava o lugar. Libertaram doze pessoas que ainda clamavam por ajuda. Já das cinco primeiras libertas por Raoul, três foram localizadas em um subterrâneo ainda mais abaixo, ao final do túnel descendente que ele tinha ignorado, que dava num amplo espaço até então desconhecido. Alguns especialistas comentavam que podia ser um antigo templo celta, mas a história seria abafada, pois ninguém desejava ver as catacumbas invadidas por outra horda de aventureiros. Os dois homens faltantes foram encontrados andando por um túnel a quatro quilômetros do mosteiro, famintos e gelados. Apenas Auguste permanecia desaparecido.

— Que tamanho terão esses corredores? — imaginou Jean.

— São grandes o bastante para que eu nunca mais queira ir até lá — retrucou a mocinha com um estremecimento.

— Em torno de trezentos quilômetros — disse a baronesa, muito séria. — Alguns são tão antigos quanto a cidade.

Súbito, a porta se abriu. Claude e Oliver Lesquin entraram. O homem avançou para cumprimentar a mulher, enquanto Claude saudava os amigos.

— E Gretel? — indagou Raoul aos adultos, um tanto preocupado.

— Está presa. Há um investigador da Sûreté interrogando-a neste momento. Acabei de vir de lá — informou o conde, parando diante de Raoul. Completou: — Devo dizer que você, finalmente, me surpreendeu de maneira positiva, meu jovem.

Raoul sorriu e levantou-se.

— Estou às ordens, senhor.

— Então, quero ouvi-lo. Quem é o Quasímodo do Jardim dos Exploradores?

O rapaz sentou-se outra vez.

— Auguste, senhor. O jardineiro do doutor Oudinot. Foi ele quem raptou Etiènne, ajudado por Gretel, sua amante. Tudo um plano do doutor.

— Eugene Oudinot, um criminoso. Quem diria? — comentou o conde, sentando-se também.

— Não seria melhor que os meninos fossem descansar? — propôs a baronesa. — Devem estar exaustos!

— Não, senhora, eu ficarei feliz em contar o pouco que falta para responder ao anúncio do senhor conde. — Raoul sorriu, porém, a fisionomia o delatava: tinha o rosto pálido marcado por olheiras profundas. Felizmente, lhe emprestaram um traje de Etiènne, e ele pôde se apresentar como um menino civilizado. O antigo camisolão do colega estava imprestável.

O conde riu e nada disse.

— O doutor usava o velho mosteiro subterrâneo como laboratório para desenvolver o seu projeto: um elixir que curaria todas as doenças. Quem sabe? Talvez buscasse o elixir da vida eterna — explicou Raoul.

— Era o sonho dele — concordou o conde. — Sempre falava nisso, quando éramos jovens.

O rapaz aquiesceu.

— Deve existir alguma passagem para os subterrâneos no terreno da casa onde mora. Através dela, Oudinot transferiu a parte mais importante de seu laboratório, instalando-a lá embaixo. E eu ouvi quando o doutor disse a Auguste onde prender Etiènne: no corredor localizado a oeste do centro do mosteiro, a oeste da dança macabra que o decora. Naquela noite, porém, eu não sabia do que ele estava falando.

"Depois, Oudinot levou lá para baixo alguns dos seus pacientes. Normalmente, transferia os mais miseráveis, os que não tinham família nem amigos à sua procura. Assim, podia fazer com eles o que quisesse. Contudo, cometeu um erro ao levar Lucien Branches. Sua irmã o procurava desesperadamente."

— Que coisa horrível — lamentou a baronesa.

— Os problemas começaram com o último desmoronamento. A passagem que ele costumava usar ficou fechada. A partir de então, ele e seu cúmplice precisavam usar as escadarias localizadas em espaços públicos. Philipa flagrou Auguste no dia em que ele levava para o laboratório um esqueleto que o médico usava em suas pesquisas.

O grupo estava fascinado.

— Como Oudinot chegou ao mosteiro, para início de conversa? — indagou Thérèse.

— Auguste — disse Raoul. — Tenho certeza de que ele já trabalhou para a Inspetoria.

— Por quê? — perdeu-se o conde.

— Os sapatos, senhor. Auguste usa as mesmas botinas que os fun-

109

cionários da Inspetoria colocam em suas excursões. Provavelmente trabalhou alguma vez no departamento e deve ter, inclusive, as chaves que abrem os portões dos parques onde há acesso aos subterrâneos, naquele molho que sempre leva na cintura.

— E por que sequestrar Etiènne? Isso não faz sentido! — Indignou-se Claude.

Raoul abriu a boca para exibir um pouco mais os seus dotes de investigador recém-descobertos, mas então viu o rosto pálido da baronesa e o olhar severo do conde e resolveu calar-se. Decerto já tinham chegado à verdade.

Deu de ombros.

— Não sei. Talvez precisasse de dinheiro e planejasse pedir um resgate.

— Pode ser — concordou o amigo.

Bateram à porta. Uma das criadas da baronesa apareceu.

— Senhores, há uma mulher lá embaixo procurando pelo senhor D'Andrèzy. Seu nome é Victoire. Veio buscá-lo.

Raoul suspirou. O conde levantou-se e parou diante dele.

— Bem, meu caro, você cumpriu o prometido, e é justo que eu cumpra, também, a minha parte. Quero que saiba que mudei de ideia sobre você. É um sujeito valente. Será nosso convidado para almoçar algum dia desses. De sobremesa, haverá *macarons*.

O garoto se levantou, sentindo-se corar, e ficou olhando para o homem.

— Obrigado, senhor.

Oliver lhe estendeu um gordo envelope.

— Aqui está a recompensa prometida no anúncio do jornal, somada à de Annette. E acrescentamos um pouco mais. Tenha juízo com esse dinheiro: o valor é alto.

— Sim, senhor, eu terei, como poderá ver por si, agora mesmo — declarou, pegando o envelope. Virou-se e o entregou para Jean, sem nem mesmo checar o conteúdo. — Feito. Prometido e cumprido. E merecido, aliás. Eu não estaria aqui, não fosse por vocês. Liberte seus pais, João, compre a alforria deles. Estou convencido de que Thérèse lhe dará a sua parte para isso. É menos do que merecem, mas espero que sirva.

O brasileiro levantou os olhos marejados de lágrimas para o amigo.

— Eu não apenas os libertarei, mas os trarei para viver aqui, comigo — declarou. Abriu os braços e puxou Raoul e Thérèse para si. Os três se apertaram com força.

Por fim, o trio se despediu dos adultos. Raoul voltou-se a Etiènne, e o garoto o encarou com um sorriso.

— Nos vemos, *provincial* — provocou o resgatado, malicioso, apertando-lhe a mão.

Raoul sentiu o sangue subir ao ouvir o apelido.

— Quando quiser... — olhou para a dama ao seu lado e engoliu o desaforo — ...aprendiz de *cataphile*.

Etiènne deixou escapar uma gargalhada alegre, enquanto o colega se afastava. Raoul se foi, levando consigo Jean e Thérèse, a quem usou como escudo para não ter de dar muitas explicações para Victoire, pelo menos até chegarem ao teatro. Dali à casa, o caminho foi curto e ruidoso. A babá, apavorada com o sumiço, o encheu de perguntas e comentários, que ele não se apressou a responder.

Pois o fato é que depois da casa ficar praticamente deserta, já caída a noite, e preocupada com o sumiço de Raoul, que não tinha voltado no horário do final de aula, Victoire fora surpreendida por um grupo de policiais batendo à porta e pedindo para revistar a propriedade. Os homens se espalharam pela residência, até que um deles, no jardim, deu a voz de alarme: identificara uma entrada para os subterrâneos no chão do galpão de ferramentas de Auguste. Alguns metros além, o corredor de acesso estava fechado pelo desabamento do túnel no qual trabalhava o grupo de Andreas, envolvido no resgate dos garotos.

Foi uma noite longa e conturbada, com depoimentos e entrevistas. Liberaram a mulher e seu enteado para descansar, informados de que precisariam se mudar dali o mais rapidamente possível. Por isso, a dupla dedicou o dia seguinte à procura de outro local. Raoul pouco pôde acompanhar da libertação dos pacientes presos no subterrâneo. Alguns deles exibiam melhoras, embora a maioria apresentasse terríveis consequências das experiências de Oudinot. Auguste não foi encontrado, mas as forças policiais estavam procurando por ele.

Raoul recebeu uma carta do diretor Nouvelle, dando-lhe folga até o final da semana, para que se recuperasse de suas aventuras, o que veio muito a calhar: precisava colocar a sua vida em dia. Havia mais a fazer do que achar um novo lugar onde morar.

Dessa forma, o senhor Bernard Nossin, que tivera de explicar ao seu superior por que entregara o mapa da sua sessão a um menino qualquer, e que andava com o emprego por um fio por causa disso, recebeu, no final da manhã de quinta-feira, um enorme pacote. Respirou aliviado ao abri-lo e ver o mapa em uma nova e elegante moldura, com um bilhete preso ao pé. Dizia o recado:

"Prezado senhor Nossin, encarregado do pessoal da Inspetoria Geral de Subterrâneos,

Receba, com meu agradecimento, a devolução do mapa que me emprestou no último final de semana. Peço que me desculpe pelas marcas das dobras que fiz, mas espero que as minhas anotações, as quais atualizam o documento, sejam o suficiente para que essas imperfeições se tornem desprezíveis.

Atenciosamente, sempre seu criado,
Arsène Lupin."

De fato, o papel exibia anotações feitas por Raoul, assinalando o mosteiro descoberto. Com o passar dos anos, porém, a passagem atrás da Tumba de Philibert foi fechada, e o esquema daquela área desapareceu dos mapas da Inspetoria.

Caso alguém tivesse perguntado a Raoul por que assinara "Arsène Lupin", e não seu nome completo, provavelmente ele daria de ombros e diria algo do tipo: "Arsène é meu primeiro nome e, Lupin, o último. São a única herança que meu pai me deixou. Não me orgulho deles, então, normalmente, não os uso. Mas queria manter o nome da família de minha mãe fora disso. Simples assim".

E ainda havia um último fio por atar.

Sexta-feira à tardinha, na saída de seu turno de trabalho, Andreas Encrier tomou o rumo de casa. Era um caminho de uns dois quilômetros, que ele costumava percorrer com uma expressão cansada, mas feliz.

Inesperadamente, um vulto apareceu entre umas árvores, muito próximo do final do Cemitério do Montparnasse. O homem parou, pensando que seria assaltado, todavia, o sujeito não parecia ameaçador.

Era Raoul.

O garoto vestia uma camisa velha, calças sustentadas por um único suspensório atravessado sobre o ombro e sapatos sujos e encharcados. Por cima, usava um casaco grande. Os cabelos estavam presos debaixo de uma boina suja. Tinha o rosto também enlameado e, às costas, uma mochila tilintante.

— Boa tarde, Andreas — disse o menino, muito sério.

O ex-coveiro manteve-se imóvel. Cumprimentou o rapazinho com um murmúrio.

— Vim para lhe agradecer por ter acreditado em meus amigos e por ter ido me procurar — continuou Raoul, puxando um papel de um dos bolsos do casaco. — Confesso que você era a última pessoa do mundo que eu esperava tomar essa atitude em relação a mim, depois... depois de eu expor o seu vício à comunidade de Louveciennes, após o enterro de minha mãe.

O homem baixou a cabeça e sorriu um pouco.

— Em certa medida, foi a melhor coisa que me aconteceu — disse Andreas à meia-voz. — Por causa disso, vim para Paris morar com minha filha. Sou a alegria de meus netos e tenho um emprego decente. Estranho, porém decente. Sou um homem feliz.

O rapaz piscou, surpreso com as palavras do outro.

— Me alegra ouvir isso — respondeu com sinceridade e estendeu o papel para o sujeito, que o pegou, curioso.

— O que é isso? — indagou.

— Um esquema do mosteiro — disse Raoul. — Indica um corredor inundado. Além dele, há uma porta e, atrás dela, uma adega. Era o que Philibert buscava, em 1793.

— Você voltou lá? Sozinho? — questionou o homem, cheio de admiração. — Tem ideia do perigo que são esses corredores inundados? Há areia movediça lá embaixo!

O garoto impacientou-se por ter sido interrompido. Fez um gesto de irritação. A voz estava cheia de aborrecimento quando comentou:

— Sozinho? Ah! Não mesmo! O lugar anda repleto de gente investigando, medindo, recolhendo provas. Ouvi dizer que o ossário que encontrei será devidamente organizado, como o que fica embaixo da Inspetoria. Mas, francamente, solidão é a última coisa que há lá embaixo, neste momento! E sim, desci por conta própria. A água do corredor não é profunda, me deu à metade do corpo. Tinha uma coisa que precisava encontrar, antes de todos.

Bateu de leve na mochila, que tilintou novamente. Atrás da árvore, Andreas viu, deixara duas outras iguais à que levava, acomodadas em um carrinho de mão da Inspetoria.

— A maior parte ficou na adega — continuou Raoul. — É tudo seu, mas seja rápido. Aquele pessoal que está estudando o mosteiro terminará encontrando a passagem inundada, mais cedo ou mais tarde. Use o que há na adega com comedimento. É o meu agradecimento pelo que fez por mim.

Andreas riu e encarou o menino.

— Eu parei de beber — anunciou, satisfeito.

Raoul se sentiu um pouco constrangido.

— Bem... essa é uma excelente notícia — disse, confuso. Piscou o olho, cheio de malícia. — A outra boa notícia é que o licor de Chartreuse está com um preço ótimo no mercado. Se vender o que há lá, será um homem rico. Eu vou garantir as mensalidades do liceu para o ano que vem com o valor que receberei ao entregar o meu carregamento. Será um alívio saber que não precisarei mexer nos meus investimentos por um bom tempo!

Deu uma batida na boina e virou-se rumo ao carrinho de mão, onde acomodou a mochila. Depois, cantando alguma coisa com a sua bela voz, se foi na direção contrária à do homem.

Andreas o acompanhou com o olhar até que seu vulto se diluísse nas sombras. A letra da canção ficou ecoando em sua cabeça. Só ao chegar em casa conseguiu identificá-la: era uma de Saint-Saëns. A primeira estrofe dizia assim:

> *"Zig et zig et zag, la mort en cadence*
> *Frappant une tombe avec son talon,*
> *La mort à minuit joue un air de danse,*
> *Zig et zig et zag, sur son violon."*[4]

Chamava-se "A Dança Macabra".

---

4 "Zig e zig e zag, a morte segue seu ritmo cadenciado/Batendo num túmulo com seu calcanhar/Meia-noite, a morte leva seu ar dançado/Zig e zig e zag com seu violino a tocar.", poema de Henri Cazalis sobre o qual foi composta a música "A Dança Macabra", de Camille Saint-Saëns. Letra original disponível em naxos.com. Tradução de Eric Chartiot.

SALUT MES AMIS ! (OI, MEUS AMIGOS!)

Não, infelizmente, não fui eu quem inventou Arsène Lupin, o Ladrão de Casaca. Ele é personagem do autor francês Maurice Leblanc, do começo do século XX. Qualquer site da Internet vai contar isso para você.

O que eles não contam é o seguinte.

Me apresentaram Arsène Lupin lá pelos meus dezesseis anos. Um garoto me emprestou uma das coletâneas de contos do personagem. Eu acho que ele esperava que, de alguma maneira, Lupin funcionasse como alcoviteiro (aquele amigo que nos apresenta a alguém com quem queremos ficar), mas não deu certo. Eu me apaixonei foi por Arsène.

Desde então, há um pouco de Lupin em quase todos os meus personagens, razão de sobra para que eu derrame agradecimentos a *Artur Vecchi* pelo convite para escrever esta história (muito, muito obrigada, Artur!).

Quanto a você, leitor, espero que "A Dança Macabra" apresente bem Arsène. Se você já conhece o personagem, espero que goste dos detalhes: por exemplo, como em muitos dos romances originais, aqui Lupin só assina seu nome no final. Nesta história, ele escolhe se chamar Raoul, designação que compõe seu suposto nome de batismo. Na verdade, não se sabe qual é o nome verdadeiro do personagem. O próprio Leblanc dá diferentes versões para isso. Victoire, como você viu, não é sua mãe biológica. É a mulher que o adotou após a morte da mãe. O "investimento" sobre o qual ele tanto fala é uma referência ao conto "O colar da rainha", publicado em 1906 na revista de histórias policiais *Je sais tout*, onde o personagem fez a sua estreia em 1905 com "A prisão de Arsène Lupin". "O colar da rainha" foi muito importante para a criação destas aventuras apócrifas (ou seja, que não foram escritas pelo autor original), porque dá uma ideia da infância do personagem. Leblanc escreveu pouco sobre o Lupin menino, embora existam pistas disso em algumas obras. Compor o cenário para a aventura foi um desafio que me deixou feliz durante muitos dias. Adaptei alguns lugares, como a escola: não existe um Liceu Luís II em Paris. Mas há o Liceu Henri IV, e se você visitar a página virtual da escola, verá a inspiração para esse cenário, sobretudo para a biblioteca do primeiro capítulo. De igual maneira, você pode "passear" pelo Jardim de Luxemburgo, pelo Jardim dos Grandes Exploradores e pelo Jardim das Plantas. Todos esses locais existem e estão ao alcance de um clique.

Agora, se você prefere emoções fortes, procure na *web* pela Tumba de Philibert. E visite o site das Catacumbas de Paris. É de arrepiar. Mesmo assim, saiba que o subterrâneo de "A Dança Macabra" não foi baseado nelas, embora o ossário tenha ajudado muito na sua criação. Debaixo de Paris há, de fato, mais ou menos trezentos quilômetros de túneis. Sua história é incrível, com espaço para tudo o que você quiser imaginar, inclusive um concerto proibido, realizado em 1897, que iniciou com "A Dança Macabra" de Camille Saint-Saëns.

E, sim, você pode ouvir "A Dança Macabra" no YouTube. Com letra, sem ela, de todos os jeitos. Versões múltiplas, como Paris, uma cidade múltipla, e como Lupin, um personagem múltiplo, que representa o espírito da *Belle Époque* francesa, a época em que se passam as aventuras originais. Se você não tomar cuidado, se apaixonará por ambos.

Eles não roubam a sua carteira; roubam o seu coração.

Simone Saueressig

www.avec.editora.com.br

Este livro foi composto em fontes Tribute OT e Boucherie Block ,
e impresso em papel pólen soft 80g/m².